For You

"For You"

ISBN No: " 978-93-90416-17-2"
1st Edition
Language – English and Hindi

Flairs and Glairs
Publication House
Regd. Under MSME Act.

Disclaimer

This is a work of fiction and solely represent the thoughts of the corresponding authors of the articles. Our editors have tried their best to edit the content of all the authors and check the plagiarism.
All the write-ups in this book are unique and are only published in this book.
In case any plagiarism or error is found, only the author is responsible alone, and not the publisher or the Compilers.

Cover Designing and Book Formatting
Shubham Shah

Acknowledgement

My primary thanks to God.

All the co- authors have a huge support in the completion of this compilation, thank you very much for their time and patience.

Thank you to the publisher's for giving me such an opportunity through this project and for giving me valuable time.

Special thanks to Muskan shah who guided me from beginning to end.

And thanks to my family, friends, and all well-wishers, who gave their full support.

<u>LETTER FROM....</u>

1. Shubham Shah (Founder Flairs and Glairs)
2. Ishani Agarwal (Co Founder Flairs and Glairs)
3. Himanshi Singh
4. Muskan Shah
5. Ishika Agarwal
6. Mr. Azeez
7. Sheela Suman
8. R. Subashree
9. Piyush Sharma
10. Sahil Ansari
11. Deepshikha Nathawat
12. Priyanshu Tripathi
13. Nupur Sharma
14. Sunil Gupta
15. Sourav Wadhwa
16. Shaifali Agarwal
17. Deepak Pradhan
18. Shah Afak
19. Nidhi Nigam
20. Jignesh Goswami
21. Anil Singh Tomar
22. Anshul Nanda
23. Baleshwar Jangde
24. Masoom Kumar 'Anjaan'
25. Jayraj Bariya

26. Sandip Awasthi
27. Tarun Goyal
28.Nitesh Rawal
29. Surbhi Bairagi
30. Mahaveer Prasad Behra
31. Sikhar Pathak
32.Tanisha Raj
33. Ganpat Gahlot
34.Amritanshu Kumar
35.Rajendra Bahadur Singh

Shubham Shah

(Founder- Flairs and Glairs)

Shubham Shah, entrepreneur at “Flairs & Glairs” a brand with dynamics in events organizing and cultural educational pan INDIA, He is a 26yr. old guy who recently has entered, the digital platform of imprinting emotions. He has initiated with his own open mic platform to help budding poets and aspiring writers under his brand named as “Teekhe Zasbaaat”

He is a commerce graduate from Bhagalpur City of Bihar.

He says Writing has impersonated him since childhood and he has now been writing for over a decade!

Cooking, on the other hand, is his passion! He also mentions, trying out new things just tickles him!

When asked sir, Why SPICY EMOTIONS?

He smiled and added, “agar jasbaat teekhe na ho toh wo jasbaat kaha” Spices are all that blends! So do his words!
As a chef, he presents to you his dish! Hot and freshly served! Taste it! Feel it! Enjoy it! You can also find his writing in the Solo book “Teekhe Zasbaaat” and 70+ anthologies. With his passion to explore opportunities across Platforms he is working with keen devotion and We wish him all the very best for his future ventures
Share your reviews on his

INSTAGRAM

@spicy_emotions
@shubham4shah

Or via email on

shubham2shah@gmail.com

To stay tuned to his work and opportunities follow his business Handles

INSTAGRAM FACEBOOK YOUTUBE

@flairsandglairs
@teekhezasbaaat

WEBSITE:

https://flairsandglairs.in/
https://flairsandglairs.com/

We meet coz destiny wanted us to

We stay coz we find a reason to

Everyone is selfish
Justified!!

But who doesn't wish to be happy...and loved!
Find your reason to not to leave... Then

Let love take over

Ishani Agarwal

(Co Founder- Flairs and Glairs)

Ishani Agarwal
Born and brought up in Kolkata, she has done her schooling and college from here itself. She is doing her post-graduation at the moment. Ishani loves talking to people around, and is excited for this new beginning of hers! Been a Compiler for 35+ Anthologies, and in the process for more, also, co-authored in 100+ Anthologies, Ishani is very Happy with how her life is turning out now!
Insta handle: Ishani_agarwal_quotes

A Letter To Life

Dear Life,
Why is it that from the beginning, whenever I feel a tinge of happiness, you plan to do something to spoil it up ?
Rotten happiness is not what I was aiming at.
I too, like others, wanted a normal day. I too, like others, wanted to smile for weeks at an end. But I, actually get to cry every now and then.
Why give this happiness dear life,
If you plan to bring sadness and misery along with it ?
I will be better, to end it, rather than giving all this bumps on the way.
Yours,
An unhappy Soul

Himanshi Singh

(COMPILER)

She is Himanshi Singh from Pratapgarh, Uttar Pradesh. She is a final year graduate student. With an ambition to be a judge she also has a great interest in literature. She loves to write poetry, prose, stories. She is a young budding writer with a creative mind who very well know the art to spruce up her thoughts into word that can touch hearts of everyone. She is also a compiler of her very first anthology, 'Drowned Feelings'.

मेरी सपनों की दुनिया.......

जिंदगी की बस इतनी सी कहानी रही कि मैं तुम्हें देख मुस्कुराती रही, और तुम किसी मासूम बच्चे की तरह खिलखिलाकर दूर हो गयी।वैसे तो तुम्हारे और मेरे बीच अनंत दूरी है,मैं जितना भी कोशिश करूँ तुम मुझे कभी नहीं मिल सकती।पर हर रोज जब सूरज अपनी आखिरी साँसें लेता है, और टिमतिमाते तारों के बीच चाँदनी फैलने लगती है, तब तुम दबे पाँव आ जाती हो और खींच ले जाती हो मुझे उसी दुनिया में जहाँ से बाहर निकलने की चाह कभी हुई ही नहीं।

वास्तव में तुम कितनी खूबसूरत हो, और मैं जैसे चाहती हूँ तुम्हें वैसे ही सजा लेती हूँ, पर उससे भी कहीं खूबसूरत तो तुम्हारी दुनिया है, जहाँ की सैर करते करते तो मैं अपनी सुध बुध ही खो बैठती हूँ। तुम्हारे झुठ में भी एक अलग ही खुशी है, जिसे मेरा सच कभी हरा ही नहीं पाया।

तुम्हें पता है सागर के दो किनारों को जोड़ने की कोशिश हमेशा नाकामयाब होती है, पर वो आपस में मिलते जरूर है... हर किसी की आँखों से ओझल होते हुए,छू लेते हैं एकदूसरे को....कहीं दूर लहरों में खोते हुए। और फिर एकबार निकल जाते हैं अपने अपने किनारों की ओर.. अपने अपने हिस्से के साहिल को पाने।
कुछ रिश्तों की डोर सागर के इन्हीं लहरों जैसी होती है, जो स्थिर रहते हैं किनारों पर..... और छू लेते हैं अपने सफर की बेबुनियाद मंजिल!!!..... तुम्हारा और मेरा रिश्ता भी मुझे ऐसा ही लगता है, तुम ना मिलके भी मुझे मिल जाती हो, और मैं मिलके भी तुम्हें नहीं मिल पाती।
अगर मैं तुम्हारी हकीकत और फसाने की बात करूँ तो तुम मुझे बिल्कुल मृग मरीचिका जैसे लगती हो, जो दिखाई तो देती है, पर उसका कोई अस्तित्व नहीं होता। हम जितना उसके करीब जाते हैं वो उतना ही हमें दूर नजर आती है। तुम्हारे साथ भी मुझे कुछ कुछ ऐसा ही होता है,पर शायद तुम्हारी भी कुछ सीमाएं बंध गयी है, तुम हाथों को छूती तो हो लेकिन मुट्ठियाँ बांधने से पहले ही फिसल जाती हो,शायद ये खेल तुम्हें अच्छा लगता है।

लेकिन तुम्हारी इतनी दूरियों के बावजूद भी मैं तुम्हें अपने अंतरात्मा में छुपाए घूमती हूँ, इस आस में कि एक दिन जब तुम मुझे मिल जाओगी तो शायद मैं तुम्हें पाने के सारे संघर्ष भूल जाऊँ। और आँखे वो तलाश भूल जाएँ जिन्हें तुम हरबार चकमा देकर चली जाती हो। पर तुम्हारे इस इंतजार में मैं जीती रहूँगी, हर उस राह को पाने की कोशिश करूँगी जिससे तुम्हारा ना होना,,, होने में बदल सकूँ!!

तुम्हारी ही कल्पनाओं मे साँसें लेती, तुम्हारे सच का एक हिस्सा........

हिमांशी सिंह

Muskan Shah

(PROJECT HEAD)

'I follow dreams to make them reality'

Muskan Shah, a girl from Jharsuguda, Odisha. Currently a Company Secretary Professional Student, followed her dreams of an Interior Designer. A writer and a Poetess, she writes poetry of all theme and Poems are her forte. She has a dream to be known as a Poet in the world for her poetries and beautiful pieces.

A Letter to Maa-Papa

Hey Dear Mom and Dad,

Saying hi, hello or how are you, would be so formal. Right? Isn't it so obvious that when it comes to priority it will always be you, Of course I love my partner, but not more than I do to you, I know I never said or explained it to you, but don't you really think, that my actions always do. You know what, I can leave my dreams, my love and my friends, if you ever say me to, but I know the extension and boundaries of your love, and you won't ever tell me to.

Remember when I was a little kid, mom always used to say, my little princess is best in the world, and she will always slay, and Dad do you remember how you took me along, Everytime I cried to come to work with you, and took me to ride before leaving for the office.

Mom had always said, I was a very good and disciplined kid and I remember how I never got scolded because of any mischiefs.

Dad remember you promised, I will always be your princess, Today I want to promise, My lover would be my Prince, but the crown of my king will always be on your head.

Mom I am sorry, whenever I made you cry, whenever I disagreed for some stupid reasons and some stupid people. But always remember this little princess of yours will always be your pride. And, yes I love you both, more than I can ever say, and a lot more than my actions could.

From,

Your little princess, who has grown up a little now.

Ishika Agarwal

Ishika is a 16 years old girl.
Writing for her is nothing else but a passion. She hails from the city of Joy and Art. She has been a Co-author in 30+ anthologies in the recent past, all adding on experiences to her. Been a part of India book of Record projects like Black and World Record projects like 15 wonders of Poetry, Ishika is paving her way to success.

For You

Hey there!
I hate to say this but I love you immensely.
I hate to say this but I care for you more than anything else.
You were the only person who I thought loves me for me and not for some other reason.
I thought I could understand you like no one else.
I was such a fool.
I understand .
I used to and will always understand.

Thank you!
Thank you for not being there.
Thank you for embarrassing me in front of the world.
Thank you for I have lost faith in love.

Mr. Azeez

Being in love with poems and stories, Mr. Azeez started following his passion as a writer since last year. In this journey he completed 101 shayari and 4 poems having a functioning Instagram id @azeez_1309 and working currently for "Flairs & Glairs" a renowned publication.

Azeez is not just a name but a blend of feelings and his writings are for every frame of mind humor or temper.

A letter for special one

Dear Habibi,

In an era of calls and text messages, i am writing you a letter by gathering all of my thoughts for you with a small token of love.

Obviously when we met for the first time, i never thought of coming together with you so far in my life, that even my future does not seems to be complete without you. Even though there was no background music but the innocency in your eyes pulled me towards you and it was like all the love songs meant for us at that instant.

Each and every moment we spent together was the "greatest hits" of my life, be it be cheating in exam for the first time, the first bike ride in the showering rain or the first movie we watched together.

I still remember your smile, glancing at me and the shyness mixed with naughtiness when caught by me.

The bus ride when your hand was in mine, you were leaning on my shoulder with your eyes closed. It seemed that you were dreaming us growing older together. Be it our fight or love, every things brings smile on my face and the way you brighten my day lits me up. You made me feel what love means and it does not exist only in fairy tales. You loved me back in a way, i have never been loved before. Yes we are separated by distance for some good cause but you are closest to my heart. I really miss you and want to start my every morning with you smiling besides me.

"Aap sukoon ho mera" and I love you more than I can say.

Yours only

Azeez

A letter for best friends

Hola Amigos,
After being together for such a long time, which I have not appreciated anyone of you for being friend of mine.
Obviously I am aware from the golden rule of friendship "No sorry, No thanks" but you people really deserve this.

I have heard somewhere, someone saying that among all the relations which are fixed by birth, friendship is the one which is chosen by an individual themselves and I feel glad and proud of choosing you all.

The day we met and started sharing bond we became more perilous. We were the proud backbenchers whom all the teachers hated. Teacher advised students to keep a distance from us but as we all know we created a great fan base in school including students and staffs.
I miss those bunks, the disturbance we made, triggering teachers intentionally, taking bath midway back to home, century long gossips in park and of course that crazy train journey which went wrong but gave lots of good memories. The way you supported and did things for me which were of no interest to you even some of you would not do that even for yourself is appreciable and by saying this I don't became a #Bada Aadmi. Good things needs to be appreciated and you guys are the best, so keep this appreciation filled with love or else I have several options as well.

Ending this here due to limitation of words, not my feelings.

I wish to see ourselves together, sitting in a park at the age of 90,discussing these heroic tales and reliving these golden memories.

I want to dedicate you few lines of mine

"Khuda ke ghar se kuch farishte farar ho gaye
Kuch pakde gye kuch humare yaar ho gye"

Your dumb friend

Sheela Suman

शिला सुमन जी एक गृहणी है, उन्हें बचपन से लिखना ,पढ़ना, घूमना, बागवानी करना, लोगो से मिलना और बातें करना पसन्द रहा है।
उन्हें अपने मन के भावों को शब्दों के रूप में ढालना अच्छा लगता है ।

एक खत मेरी प्यारी मां के नाम!

मेरी प्यारी माँ,

माँ, एक ऐसा शब्द, ईश्वर की ऐसी सर्वश्रेष्ठ रचना जिसमें पूरा संसार समाहित है, जो किसी परिचय की मोहताज नहीं, इसे परिभाषित करती मेरी प्यारी एवं पूजनीय माँ के नाम मेरा एक खत ..
मातृत्व कठिन है और लाभप्रद भी, मैं जो कुछ भी हूँ या होने की आशा रखती हूं उसका श्रेय मेरी माँ को जाता है। मुझे एक ऐसी माँ के साथ बड़े होने का मौका मिला जिसने मुझे खुद पर यकीन करना सिखाया।
ह्रदय की गहराइयों से आपको नमन और प्यार "माँ" आपने अपनी साक्षात प्रतिबिंब के रूप में मुझे धरती पर आने का जो यह अवसर प्रदान किया, उसके लिए मैं आजन्म आपके सामने नतमस्तक हूं।
मेरे जन्म के समय आपकी तबीयत बहुत ज्यादा खराब हो गई थी, पर हालत सम्भलते ही आप ने सबसे पहले मुझे अपनी गोद में लेकर वात्सल्य प्रेम से मालामाल कर दिया !
कहते हैं ना कि भगवान ने मां को इस धरती पर अपने ही स्वरुप के सार्थकता हेतु भेजा है, क्योंकि जब वो एक शिशु की रचना करता है तो एक नारी ही उसे इस उत्तम रचना के लिए उपयुक्त लगती है-जो मां कहलाती है। एक मां में धरती मां के जितनी ताकत सौम्यता गहराई सहनशीलता होती है, जो हर परिस्थिति में अपनी संतान की रक्षा करने में सक्षम होती है। वह एक ऐसी शख्सियत होती है जो प्रतिकूल स्थिति में अपने बच्चों के लिए दुर्गा काली का रूप भी ले सकती है। और आपने इसे हर क्षण चरितार्थ किया है मां..
एक संयुक्त परिवार की बहू होने के दायित्वों के निर्वाहन की जिम्मेदारियों को बखूबी निभाते हुए आपने किसी फ़र्ज़ को अनदेखा नहीं किया भले ही अपने आप की अनदेखी करते हुए बस हमारे लिये सोचा। अपने व्यक्तित्व की विशाल छत्रछाया में हमें कभी भी दुनिया की पथरीली उबड़ खाबड़ घुमावदार रास्तों का एहसास ही नहीं होने दिया।

वक्त के हर थपेड़ों को आपने अपने अंदर समेट कर हमें एक शांत सुरक्षित और खुशनुमा माहौल दिया ताकि हम बच्चे अपने मनचाहे मंजिल तक पहुंच पाये। आपके इस त्याग और प्रयत्नों का ही नतीजा है कि हमें समाज में इज़्ज़तदार और व्यवहारिक इंसान का दर्जा मिला, लोगों के बीच एक साफ-सुथरी पहचान बनी। यह सब मुझे आपकी सादगी पूर्ण पर दृढ़ व्यक्तित्व के कारण मिली। जब भी मुझे लगता कि इस विषम परिस्थिति से निकल पाना मुश्किल है, बस आपको याद करते ही, चुटकियों में समाधान सामने होते थे।

आपके साथ बिताए हुए हर पल मुझे याद आते हैं। हर वह लम्हा जो आपने हमारी खातिर हमारी उत्तम परवरिश की खातिर किए। कभी डांट से कभी प्यार से कभी मनुहार से पर सब के पीछे आपका प्यार ही छुपा होता था। आपका मकसद सिर्फ एक ही होता था कि आप हमें एक अच्छे बचपन के साथ अच्छा इंसान भी बना पाए और आप ने वह कर दिखाया। आप मेरी आदर्श हैं "माँ" आप के पद चिन्हों पर चलकर ही मैंने अपने बच्चों की परवरिश करने की कोशिश की और उन्हें भी एक अच्छे इंसान के रूप में बड़ा कर पाने में सफलता हासिल की।

इसका श्रेय भी मैं आपको ही दूंगी क्योंकि आपकी सीख हर क्षण मेरा मार्गदर्शन करते थे, जिसकी बदौलत मैंने अपने बच्चों को इस काबिल बनाया कि आज वह अपने-अपने क्षेत्रों में एक सफल और सार्थक जीवन जी रहे हैं। यह आपके आदर्शों और उस ममतामई छवि के कारण ही संभव हो पाया है। वरना मैं तो कभी-कभी हताश हो जाती थी। उस वक्त बस मुझे आपकी करुणामई व्यक्तित्व ही याद आती थी और फिर सब सही हो जाता था।

आज मैंने जो भी हासिल किया है उसके पीछे सिर्फ आपका प्यार त्याग मार्गदर्शन और उपस्थिति ही रही है। अतः आज आपके साथ अपने हर अनुभव को साझा करने की ख्वाहिश को शब्दों के माध्यम से आप तक पहुंचाने की कोशिश है ये मेरी, पर कितनी सफल हो पायी हूँ मैं मन के उदगारों को शब्दों के जामा पहना पाने में वो पता नहीं, पर मैं जानती हूँ की आप मेरे अनकहे शब्दों को भी समझ सकती हैं।

आपका प्यार और आशीर्वाद यों ही बना रहे, आपको सत सत नमन !
आपकी प्यारी बेटी!

R. Subashree

Subashree is currently pursuing her II year Masters in English literature at Sourashtra college, Madurai Tamil Nadu, India.She is much interested in literary works and to pursue her education in literature, wishes her contribution to linguistic education with evidence based research and in future to collaborate with academics both in India and around the world. This is a step towards her successive literary career.

Letter to My Father in Heaven

28.8.20.

MADURAI.

Dear dad,

Hope you are good in the garden of God. I am fine. All our family members are good. We all remember you always. You left us before four years. God has taken you to heaven with him. During the starting we felt it was difficult to manage without your support. But as days passed on, we had many changes in our life. Within these four years the world has changed entirely. Our society taught many lessons to us and it has made many changes in us. I know that you don't have the chance to be with us today. But you live in our hearts forever. We all always think about you. God has taken you from our life. But still now you are living in our memories. At least once a day we will talk about you dad. Without thinking about you, our day won't finish. Often something remembers you. I write this letter for sharing my happy moments with you. You dreamt that I should be a degree holder. Now I am a degree holder with six medals. I know that this would make you happy but unfortunately you are not with us in this world to enjoy these happy moments. Fate plays a different role in all our life and it won't favor us always. You were the only person to encourage me to continue my studies. I am awarded and appreciated for being a successful student only because of your support and blessings. You may not be with us but you live in our happiness. Nowadays I am happy to make you happy. Dad, please don't worry about mom and me. You have given all your strength to my mom and she is doing all activities with your strength to succeed in my life. I think she is both my dad and mom in a soul. I learnt that no one in this life is permanent to us and so I started to be independent in all aspects. Today I am writing stories and articles for many anthologies and I am good in my studies also. Many of my teachers encourage me to study further. I am very happy and enjoying my time with our family members. My daily experience makes me to learn many lessons to lead a successful life. I don't think much about my future. And I am happy to do works in present. I started to love literature. My love towards literature made me a creative person. I want to be good in creativity. Literature made me a wonderful person and it has given pleasure to me. I want your support and blessings forever.

Thank you so much for supporting me dad. I am sure that, 'you will be there in my success'. I know you will wish that I should reach success. If my success makes you happy, then I will work hard to succeed in my life. Always be with me to give strength and support. We all remember you forever.

Yours,

Lovable daughter,

R.Subashree

Piyush Sharma

पीयूष एक विद्यार्थी है तथा अध्यापन क्षेत्र में भी प्रयासरत है ।
इन्हें लेखन में विशेष रुचि है । अतः इस वर्ष (२०२०) इन्होंने अपना लेखन का सफ़र प्राम्भ किया है । मिलनसार व अंतर्मुखी व्यक्तित्व लिए मौखिक रूप से जिन भावों को अभिव्यक्त नहीं कर पाते उन्हें लेखनी में ढाल कर व्यक्त करने में इन्हें अच्छा व सकारात्मक लगता है ।
इनकी इतनी सी आशा है कि जीवन से संचित अपने "पीयूष प्रवाह" को जनमानस तक पहुंचा कर अपने नाम को सही मायनों में सार्थक कर पाए ।

प्रिय माँ,

बहुत सालों से आपको कुछ बताना चाहता था पर कभी हिम्मत नहीं जुटा पाया, कभी बोला नहीं गया इसलिए आज लिख रहा हूँ इस उम्मीद के साथ कि कभी आप पढ़ लोगी। माँ, बचपन से आज तक आपको बिना रूके बिना थके सारा काम करते देखा है पर कभी आपको इसके बदले कुछ लेते नहीं देखा। आज जब आपके जाने के बाद ये काम करके देखा तो आभास हुआ। ये काम आसान नहीं है। माँ फिर भी आप हमेशा बिना किसी की मदद के कैसे कर लेते हो। कैसे आप इतना सब करके भी सबका ध्यान भी रख लेते हो।

सच कहा गया है " माँ सिर्फ एक शब्द नहीं है, माँ जीवन है।" " माँ बस भगवान् का रूप नहीं, माँ स्वयं भगवान् है। "

माँ सच कहता हूँ, जब भी आप पर चिल्लाता हूँ थोड़ी देर बाद खुद ही अंदर से भर जाता हूँ। माँ अब जब पहली बार आप थोड़ा दूर गयी तब अहसास हुआ सच है कि "घर से माँ नहीं, माँ से घर है।"माँ आपके घर में होने भर से घर में खुशीयाँ रहती हैं।माँ आपके बिना ये घर अब खाने को आता है।माँ आपके बिना अब कुछ अच्छा नहीं लगता।माँ आपके बिना घर, घर नहीं लगता।

माँ बहुत कुछ है बताने को, लिखने को पर अन्त में बस इतना कहूंगा, माँ आप मेरा संसार हो, मेरे इस जीवन का आधार हो। अंधकार से प्रकाश की ओर जो ले जाये मुझे, माँ आप मेरे जीवन का सार हो।।

वो भगवान्, मेरी भगवान् मेरी माँ के जीवन को खुशीयों से भर दे, इन्हीं दुआओं के साथ आपका इंतजार करते हुए।

आपका नालायक बेटा

पीयूष

प्रिय पापा,

सादर प्रणाम। यूँ तो कभी आप अपने पैरों को नहीं छूने देते पर फिर भी चरण वन्दन।। पापा आपने सबके लिए हमेशा कुछ न कुछ किया बिना किसी स्वार्थ के, बिना किसी लालच के।

पापा मेरे सारे दोस्त कहते हैं कि हम सब घर में दोस्तों के जैसे रहते हैं, एक दूसरे से सबकुछ साझा करते हैं, सुख हो या दुख मिल कर सब सम्हाल लेते हैं। पापा हमेशा से आपको एक बात कहना चाहता हूं, बहुत बार मन होता है बोलने का पर कभी हिम्मत नहीं जुटा पाया। पापा, माँ ने मुझे पहला जन्म दिया था और दूसरा आपने। मुझे वो समय आज भी साफ-साफ दिखता है जब आप सबकुछ छोड़ मुझे समय-समय पर ईलाज के लिए ले जाते थे, जब मैं दवाओं से परेशान होता तो आप मुझे मिठाई का लालच देते और मना लेते, आज भी आप उसी भाव से हम सबका ख्याल रखते हैं, बिना अपना ख्याल रखे। आपने हमें हमेशा बिना मांगे सबकुछ दिया और खुद कभी कुछ नहीं चाहा।

पापा मुझे आपके साथ कहीं भी जाना बहुत पसंद है क्योंकि मुझे आज भी आपकी गोद में सोने को मिलता है। आप अपनी चिंता कभी किसी को नहीं बताते पर मैं समझ जाता हूँ। आपने हर कदम पर मेरा साथ दिया है। मेरी गलतियों को ठीक किया है। मुझे आगे बढना सिखाया है। आपने कभी पता तक नहीं लगने दिया की हम बड़े हो गए। पापा कभी-कभी सोचता हूँ कि आपके लिए क्या करूँ मैं कि मेरा जीवन सार्थक हो जाये? अन्त में ऐसी स्थिति में होता हूँ कि कुछ भी कर लूँ पर ये जीवन हमेशा आपका आभारी रहेगा।

पापा मुझे समय से बहुत शिकायतें हैं ये हर दिन हमें बड़ा बनाता है और मैं आपको हमेशा ऐसे ही देखना चाहता हूँ। एक गीत मुझे बहुत पसंद है "ये तो सच है कि भगवान् हैं, हैं मगर फिर भी अनजान हैं, धरती पर रूप माँ-बाप का उस विधाता की पहचान है।" पापा आप सच में मेरे लिए भगवान् से भी अधिक ऊंचा स्थान रखते हो और इसकी सार्थकता मैं आपको पाकर महसूस भी कर सकता हूं। पापा जिस दिन सुबह उठकर आपको ना देखूं

मन अशांत और दिन खराब रहता है शायद इसीलिए मन मंदिर अपने भगवान् का इंतजार करता रहता है।

पापा एक ख्वाब है मेरा कि जिस दिन लायक बन जाऊंगा, आपको गाड़ी उपहार करूंगा। खैर कहने को तो बहुत कुछ है और चाहता भी हूं पर आपकी असीमता के आगे मैं अपने शब्दों को कहीं सीमित ही पाता हूं। पापा मुझे मेरी सारी गलतियों के लिए क्षमा करना और मुझे हमेशा ऐसे ही बच्चों के जैसे समझना। अन्त में बस इतना कहना चाहता हूं –

आपके आदर्शों से जीवन की राहें आसान हैं। पापा आप मेरे भगवान् हैं।।

आपकी दीर्घायु की कामना करता हूँ।

आपका नटखट बेटा

पीयूष

Sahil Ansari

Sahil resides in Mumbai, Maharashtra.
He is 23 y/o. He is a simple and troglodyte person.
He loves to Write About Life and Philosophies. He is not a published writer yet but you can read some of his amazing writings on Social apps.

प्यारी ज़िन्दगी,

यूं तो तू हमेशा ही मेरे साथ रही है । हां, कुछ एहसान तो हैं तेरा मुझ पर, तेरा शुक्रिया ।। दिन तो बहोत दिखाएं है तूने मुझको, मगर ज़िक्र छिड़ता है तो बस वो तेरे बुरे दिन ही याद आते है मुझको ।।

ख़ैर, तू बता यूं ज़ेर-ओ-ज़बर करके, मुझको सताना ज़रूरी था क्या ? माना के साथ रहना एहसान है,मगर तेरा यूं एहसान का बदला लेना ज़रूरी था क्या ? ज़माने के बीच छोड़ कर भी, मुझको तन्हा करना ज़रूरी था क्या? हंसाना रुलाना तो ठीक था मगर, ज़्यादा थोड़ा हंसा कर ज़्यादा रुलाना ज़रूरी था क्या?

जो अगर कोई पूछता है के "और बताओ क्या हाल है ?" इस बात का जवाब भी मुझ को चुप रह कर, झूठ में देना पड़ता है, मुस्कुरा कर कहना पड़ता है के हां, सब कुछ ठीक है ।। मैं कभी तेरी बुराई नहीं करता...

असल में मुझे शिकायतें तो बहोत है तुझसे, और इनका सबब मैं सिर्फ तुझ से ही तलब करता हूं ।। एक बात बता देना मुझको, के तेरे होने से मैं हूं ये तो मानता हूं मगर, अगर ना होता मैं तो तेरा क्या होता...? अब सवाल तो कई है तुझसे मगर फ़िलहाल रहने देता हूं, बस इतना समझ ले के मेरी रूह भी अब सुकून के कुछ पल की तलाश करती है, बस ज़्यादा नहीं लेकिन ज़रा सा प्यार चाहिए मुझको ।

बस कर सताना अब रहने भी दे ... और चाहत भी देख बस इतनी सी है तुझ से, ये भी ना हुआ तो क्या हो सकेगा तुझ से ? अब तुझ पर ही छोड़ दिया है सब कुछ...

आखिरी हकीकत ये भी के तू अज़ीज़ तो है मेरी मगर, वक़्त-ए-रुख़सत हम रोएंगे नहीं माफ करना, तुझे इस बात का ज़रा सा मलाल तो होगा ना ?

तेरा अजीब हमसफ़र,
साहिल...

Deepshikha Nathawat

दीपशिखा नाथावत एक शिक्षिका है| वह बडौदा (गुजरात) में अपने बेटे के साथ रहती है| उन्हें लिखने का बचपन से शौक है| वह संगीत से बहुत प्यार करती है लिखना और गाने सुनना और गुनगुनाना उन्हें अच्छा लगता है| वह अभी पी.एच. डी करना चाहती है और अपनी किताब लिखना चाहती है|उनके लिए दोस्ती बहुत महत्वपूर्ण है|वह भगवान पर बहुत भरोसा करती है|

प्रिय माँ पापा,

आज आप मेरे बीच नहीं है लेकिन आपका अहसास हमेशा मेरे साथ रहा है| मैं आप दोनों को बहुत याद करती हूँ|पापा मुझे ज्यादा तो कुछ याद नहीं कि आप जब छोड़ कर गए थे तब मेरी क्या हालत थी पर वो माँ का रोना याद है आपका चेहरा भी नहीं याद है मुझे पर आपके होने का अहसास हर पल रहा|पापा जब भी मैं किसी भी मुश्किल में आयी आपने किसी ना किसी रूप में मुझे उस मुश्किल से निकाला है|माँ पापा आप अभी जहाँ भी हो वो जगह स्वर्ग ही होगी|पापा बहुत बातें हैं जो मै आपको कहना चाहती थी पर आप जल्दी ही छोड़ गए हमें माँ ने बहुत अच्छे से हमें पाला, हमें वो सब देने की कोशिश की जो हमको चाहिए|माँ में हमेशा आपसे पुछना चाहती थी कि मैं पापा कि तरह मजबूत क्यों नहीं हूँ दीदी से हमेशा थोड़ी जलन होती थी क्योंकि वो पापा कि तरह बहुत मजबूत है माँ आप हमेशा कहती थी कि तू भोली है

पर चिंता मत कर भोले लोगों के साथ हमेशा भगवान होतें है|आपकी इस बात पर मैनें हमेशा विश्वास किया और ये विश्वास सही भी साबित हुआ पर माँ एक बात कहूँ ये समाज मेरे लिए नहीं है यहाँ सब स्वार्थ से भरे हुए है माँ पापा आप दोनों सब जानते हो कि मेरी जिंदगी में क्या क्या हुआ उसके बारे में कुछ नहीं कहूंगी पर माँ पापा क्या जो भी हुआ उसमें मेरी गलती थी? मैंने हमेशा सबके लिए सोचा कभी अपने लिए नहीं सोचा हर पल सबके लिए तैयार रहती हूँ ये गुण मुझे आप दोनों से ही तो मिला है हमेशा अपने ऊपर गर्व होता है कि मैं आपकी लाडो हूँ पापा आप का वो मुझे लड्डू बोलना याद आता है काश मैं आपके साथ थोड़ा और समय बीता पाती इस बात के लिए तो मैं हमेशा आपसे नाराज रहूँगी|माँ पापा मै बचपन से बहुत भावुक हूँ किसी पर भी जल्दी भरोसा कर लेती हूँ|

माँ पापा पहली बार अपने बारें में सोचना चाहती हूँ|पता नहीं मैं सही हूँ या गलत पर आपको हमेशा कि तरह मेरा साथ देना होगा|माँ पापा आपने ही सिखाया है कि इंसान से गलती हो तो उसे भगवान सजा देता है हमें तो ऐसे

लोगों से दूरी बना लेनी चाहिए.. पापा आपको जानकर खुशी होगी कि अब मैं भी आपकी तरह मजबूत हो गयी हूँ|पापा आपने मुझे खुद से खद को मिलाने का जरिया दिया है|माँ पापा आप के आशीर्वाद से मुझे जिंदगी में बहुत अच्छे लोग मिले आपको पता है वो मेरे जीने की वजह है|कोमरेड, काजल, सोनल, सोनिया और मेरी बहुत सखियाँ जिन्होंने मुझे हमेशा सहयोग किया है कई ऐसे लोग जिन्होंने बिना किसी स्वार्थ के मेरी मदद की आपने ही तो इन सबको मेरी जिंदगी में भेजा|ये सब खुन के रिश्तों से बढ़कर है मेरे लिए|आप यूँ समझो मेरे जीने की वजह है|

माँ पापा आप मेरे अंदर हमेशा संस्कारों के रूप में रहोगें|आपको पता है मेरी जिंदगी में भी एक कोमरेडभेजा है आपने वो मेरी प्रेरणा है मेरी काबिलियत को पहचाना है.. आपसे तो वो हमेशा बात करता होगाबहुत कुछ कहना था पर इतना कहने के बाद आज दिल का बस बोझ ऊतर गया बस अंत में ये ही विनती है आप हमेशा मेरे साथ देना |

आपकी लड्डू (मोनू)

दीपशिखा नाथावत

Priyanshu Tripathi

जी... प्रियांशु त्रिपाठी,आजमगढ़ उत्तर प्रदेश से है।विद्यार्थी है एम.बी. ए (एच. आर .डी) पूर्वांचल विश्वविद्यालय जौनपुर।

2018 RBYSP आजमगढ़ अध्यक्ष भी 10 माह रहे है। पंडित राम अवध उपाध्याय (नाना - प्रियांशु) पूर्व प्रवक्ता हिंदी है उनके नेक और अति उत्तम विचारों के माध्यम से लिखने कि रुचि हुई है,ये कविता,शायरी, इंस्प्रिरेशन, लेटर,लाइफ,आर्टिकल लिखते है। इनके आर्टिकल अमर उजाला और हिंदी बिजनेस स्टैंडर्ड में भी आते है। इनके लेखन में निखार आया है जब से ये एमबीए एचआरडी पूर्वांचल विश्वविद्यालय से जुड़े एक विद्यार्थी के रूप में। इन्हे भगवान से कई गुना ज्यादा अपनी मा में विश्वास है मां के बहुत ही लाडले है,इनका जीवन मां से जुड़ा है.....। प्रियांशु त्रिपाठी ने S.S.B tes39 को भी क्वालीफाई किया पर संजोग ना होने से कारण ये आखिरी स्टेप पे असफल भी हुए है........!!

पिता

मेरी किसी के तरह बनने की कभी तम्मना नहीं हुई ,मै अपने पिता के खुद से होने का मिशाल हूं।

पिता का प्यार बिल्कुल हवा सा होता हैं दिखता नहीं पर होता हमेशा है।बस एक बेटे को उस हवा को हमेशा महसूस करना चाहिए।

मेरी परेशानी का जीवन में होना साथ ही बस ये सोच के की पिता होते तो हल करते ,यही सोच ही हमे बहुत कुछ करने का साहस देती है जीवन उन्ही का दिया हुआ है उनका होना कितना जरूरी है वो हर एक बेटा समझता है और समझना चाहिए। मेरा ऐ सा मानना हर बेटे के कामयाबी के पीछे हर पिता का साथ होता है।बेटे का स्वाभिमान अस्तित्व सब पिता का ही अंश है,घर के अधेरे को जो हमेशा दीप का काम करते है वो एक पिता होते है ,हमारी संस्कृति के अनुसार भी हर पुत्र की मान,सम्मान ,पहचान पिता से ही होती है

पिता ही वो सख्सियत है जो अपने पूरे जीवन में अपने बेटे की ज़िद को पूरी करते है।हर एक सख्स अपने पिता की मौजूदगी में शौक को पूरी करता है नहीं तो हम जैसे कि शौक सब्र में बदल जाया करती है।

बड़ा दिल,गंभीरता,अनुशासन, संयम,धैर्य सब हमने तो अपनी मां से पापा के बारे में सुन के सिखा है....।

सभी सम्माननीय पिता को समर्पित

प्रियांशु त्रिपाठी

आजमगढ़, उत्तर प्रदेश।

मां की ममता

मां शब्द को सुनकर ही जीवन की पूर्णता का अनुभव खुद से ही होने लगता है।

सदा ही गंगा पाव मा,
लगे ज्यू ठंडा ठाव मां,
मन से मनहर शीतल सी,
दुख की धूप में झाव मां।

मेरे जीवन का ऐ सा कोई पल नहीं जिसमे मां की मौजूदगी ना हो,मां ईश्वर की सबसे अनूठी कृति है,मां मेरे लिए ही नहीं सबकी मां सबके लिए ईश्वरीय वरदान है मेरे जीवन की सभी ,सभी होने वाली उपलब्धिया मां के ही नाम है।

हम एक शब्द है,तो वो पूरी भाषा भारतीय संस्कृति में मां की महिमा को शब्दो से नहीं बाधा का सकता ।

"एक टूटा सा सपना लगता है
हर पल बेगाना लगता है
औरो के लिए होंगी और खुशियां
पर हम मां के बिना सब वीराना लगता है"...

माँ के बिना जीवन की उम्मीद नहीं की जा सकती अगर माँ न होती तो हमारा अस्तित्व ही न होता| इस दुनिया में माँ दुनिया का सबसे आसान शब्द है लेकिन माँ बोलने मात्र से कितनी सहानुभूति और प्रेरणा मिलती है इस नाम में भगवान खुद वास करते है, माँ और भगवान में कौन बड़ा है ये सोच कर बड़ी असमंजस में पड़ जाता हूँ, किसी के भी जीवन में एक माँ, सर्वश्रेष्ठ और सबसे महत्त्वपूर्ण होती है क्योंकि कोई भी उनके जैसा सच्चा और वास्तविक नहीं हो सकता। माँ हमेशा हमारे अच्छे और बुरे समय में साथ रहती है.

माँ के लिए उनके बच्चे बहुत किमती होते है। अपने जीवन में दूसरों से ज्यादा वो हमेशा हमारा ध्यान रखती है और प्यार करती है। अपने जीवन मे वो हमें पहली प्राथमिकता देती है और हमारे बुरे समय में उम्मीद की रौशनी जला देती है।

हम तो ऐसी मां के बेटे है जिन्होंने सब ठुकराया है बस अपने बेटे के लिए ,और जब जब हम टूट से जाते है तो हर घड़ी हर पल मां ने ही हम एहसास कराया की हम क्या है

मां ने हमें सिखाया है.. **खुद को तपाते रखो,विपरीत परिस्थितियों से**
हर एक मां के बेटे,हर एक सरस्वती पुत्र को समर्पित इन्हीं पंकियो के साथ सभी माताओं को सादर प्रणाम!!

हार यू ही मत मान जाना,बिना आयमाए अपने को
रुक जाना, डर जाना,भाग जाना..ज़िंदगी में ये नहीं करना
क्युकी बिना किए कुछ भी कोई कामयाब नहीं होता..!!🙏🙏
प्रियांशु त्रिपाठी
आजमगढ़, यूपी

Nupur Sharma

ये है नूपुर नूपुर शर्मा, ये दिल्ली की रहने वाली है।इन्होनें हिन्दी साहित्य में एम ए किया है साथ ही मनो विज्ञान का अध्ययन भी किया है। वाद्य संगीत (सितार)और नृत्य में इनकी विशेष रूचि रही है।इनकी कविताओं में एक दरख्त की भांति सभी रंगों और पुष्पों का समावेश है और जीवन के उतार चढ़ाव व अपनी जड़ो से जुड़े रहना और प्रेम से उन्हें सींचना ही इनके संग्रह का उद्देश्य है।

प्रिय करन,

मैनें कभी भी नहीं सोचा था कि मैं आपको यूँ पत्र लिखुँगी। मैं आपसे कुछ कहना चाहती हूँ। आप जानते ही है कि आप हमेशा से अपने काम में व्यस्त रहें हैं और मैं आपके इन्तज़ार में। जैसे-जैसे बच्चें बड़े होते गये, आप ओर व्यस्त, मैं ओर भी अकेली होती चली गई। मैं कोई शिकायत नहीं कर रही हूँ करन ,आपने मुझे हर तरह की सुविधा और आराम दिया है दुनियाँ का हर सुख, नौकर-चाकर, गाड़ी-बँगला, कपड़ा, जेवरात सब हैं मेरे पास, बस आप ही नहीं हैं। कितने दिन हो गये ना हम ने बात ही नहीं की। मैं समझ सकती हूँ आपकी व्यस्तता। दुनियाँ भर में आपका काम फैला है और इसी कारोबार के चलते आप बाहर और बाहर होते गये और मैं इस घर में सिमट कर रह गई। आप हमेशा कहते रहें और शाॅपिंग करो, माॅल जाओ, दोस्तों से मिलो, पर मुझे कोई ऐसा चाहिए जो मुझसे बात करें, मेरी बात करें - खैर.....

करन जब मैं आपके लंदन जाने के बाद आपका बिखरा हुआ समान समेट रही थी अचानक फोन की घंटी बजी। मैनें फोन उठाया...

प्रीति...उधर से आवाज़ आई

जी, आप कौन बोल रहे है, यहाँ कोई प्रीति नहीं है....

उसने कहा..क्या मजाक कर रही है यार मुझे पहचाना नहीं....

मैनें थोड़े सख्त लहजे में कहा, बताया ना, मैं प्रीति नहीं हूंँ....

उसने उसी जोश के साथ फिर कहा..चल झूठी - मैं तेरी आवाज नहीं पहचानूगांँ, और जान - क्या चल रहा है....

मैनें कहा..बड़े वाहियात है आप, मैं प्रीति नहीं हूँ फोन रखिये और तमीज़ से बात किजिये....

वो थोड़ा अचकचा कर बोला..तू, प्रीति नहीं है तो कौन है?

मैं सुलभा हूँ मैनें गुस्से में जवाब दिया....

उसने एक गहरी और लम्बी साँस लेते हुऐ कहा.. वाह! कितना खुबसूरत नाम है फ्राॅक में क्या कमाल लग रही हो यार....

"मेरा दिमाग भन्ना रहा था। एक तो मैं इससे परेशान थी कि रातें और भी तन्हा हो जायेंगी। दो महिने तक.. रात को भी आपकी सूरत नहीं दिखेगी और इधर ये जांन खाये जा रहा था"

मैं साड़ी पहनती हूं़ँ बच्ची नहीं हूँ जो फ्राक पहनुंँगी। मैंनें गुस्से से तमतमाते हुए जवाब दिया....

वो खिलखिला कर हँसा फिर बोला सच लाल साड़ी में तो तुम कातिल लग रही हो।

आंँखें फूटी है तुम्हारी काला रंग तुम्हें लाल लग रहा है मैंनें फिर से लगभग चीखते हुए जवाब दिया....

वो और भी जोरो से खिलखिलाया - अच्छा जी - काला रंग तो मुझे बहुत पसन्द है, फिर तो सितम ढा रही होगी आज। साड़ी का रंग बताया है तो अब अपना रंग भी बता दिजिये....

"मुझे जैसे होश आया। मैं कैसे उसकी हर बात का जवाब दिये जा रही थी। मैंनें गुस्से में फोन पटक दिया और नहाने के लिए जैसे ही बाथरूम में घुसी शीशा देख कर ठिठक गई उसकी आवाज कानों में गूंज गई काले रंग में तो सितम ढा रही हो। बहुत दिनों बाद इतने गौर से खुद को आईने में देखा था।सच में साड़ी मुझ पर फबती है। ना जाने कब से आपने मेरी तारीफ नहीं की मेरे मन में यही ख्याल आया। पहले बिस्तर पर तो आपका साथ मिल जाता था अब तो वो भी बहुत कम हो गया आप या तो बाहर रहते है या फिर नींद में गुम। बस देखती रहती थी, निहारती रहती थी एकटक आपको"

अचानक फोन की घंटी सुन कर होश लौटा आपका ही फोन था....

बस सारा दिन कुछ पढ़ने लिखने में गुजर गया। रात नींद नहीं आ रही थी तो बालकनी में खड़ी हो गई जा कर। अचानक फिर से फोन घनघनाया....

मैं-हैलो बोलती, उससे पहले उधर से वही खनकती हुई आवाज़ आई, इतनी रात गये बालकनी में क्या रही हो। रंग तो बहुत खुला है तुम्हारा, गौरी नहीं ना ही सांवली, गेहुँआ रंग है, देखो - बालों को खोल दो। ये चाँदनी रात, गुलाबी लिबास, बस बाल खुले होने चाहिए....

बंद करो बकवास कह कर मैंनें फोन काट दिया और जाने क्या हुआ मुझे मैं दौड़ कर शीशे के सामने जा कर खड़ी हो गई और अपना जूड़ा खोल

दिया। आज भी मेरे बाल कितने खूबसूरत है सच मैं इन्हें इतना बाँध कर क्यूँ रखती हूंँ। मैं खुद ही खुद पर फिदा हो रही थी। फोन फिर से घनघनाया और उसी गफलत में मैंनें फोन उठा लिया। लग रही हो ना कातिल खुले बालों में "वही आवाज" मैं सिहर गई। तुम्हारी ये हिम्मत... मैं बात पूरी करती उसके पहले ही वो बोला.. दे लेना गाली बाद में, बस ये बताओ मैंनें सच कहा था ना। मुझे जैसे किसी ने जकड़ लिया और वो बोले चला जा रहा था और उसकी हर बात मुझे अच्छी भी लग रही थी फिर से जैसे मुझे होश आया और मैनें फोन काट दिया।

सुबह उसी के फोन से जागी और उन्नीदी आवाज में कहा हैलो ... लगता है मोहतरमा हमारे ही ख्यालों में थी रात भर। तुम आखिर हो कौन और क्या चाहते हो, कैसे देख लेते हो मुझे। भूत हूँ हसीनाओं का शिकार करता हूंँ उसके बोलने के अंदाज पर मुझे हँसी आ गई। चलिये आप हँसी तो सही। क्या हम दोस्त हो सकते है, नहीं - मैं अनजान लोगों से दोस्ती नहीं करती। अनजान... उसने उसी खिली हंँसी के साथ जवाब दिया दिल में झाँकिये मैडम, पूरी कुंडली मार कर बैठे है आपके दिल में और आप हमें अनजान कह रही है। हम तो अब आपसे भी ज्यादा आपके करीब है। देखो - यूँ तो मुस्कुराती हो हमारी बात से, यूँ तौबा-तौबा, ये गुस्सा।इतनी नाजुक नाक इतना गुस्सा कैसे बर्दाश्त कर लेती हो। अनायास ही मेरी हँसी छूट गई। तो - इस हँसी को मैं हमारी दोस्ती की शुरुआत समझूंँ उसने बड़े ही रोमांटिक अंदाज में मुझ से पुछा।

मुझे क्या तुम जानते हो, कौन हो, कहाँ रहते हो, क्या करते हो। ऐसे कैसे विश्वास कर लूँ तुम पर....

अच्छा फोन रखो अगर बात का मन नहीं तो आप खुद ही काट दिजिए ये जुल्म हम से तो ना होगा.....

नौंटकी - कहते हुऐ मैंनें फोन काट दिया।

ना जाने उससे मेरी कितनी बातें होने लगी।दिन रात का फर्क ही खत्म हो गया। वो जैसे सर्वज्ञाता था, उसे हर चीज का ज्ञान, किसी भी विषय पर बात कर लो। किताबों की बात करो, तो सारे लेखकों की लिस्ट निकाल देता, ना जाने कौन-कौन से कवि शायर उसे सब पता था।

मेरा हर पल इतना खूबसूरत और रातें उजाली हो गई। एक दिन मैनें उससे पुछा तुम मुझे कैसे देख लेते हो, कैसे पढ़ लेते हो उसने हँसते हुऐ कहा, मैंनें उस दिन हवा की आवाज़ सुनी तो कह दिया - बालकनी और तुम इतनी भोली हो, आधी बातों का जवाब खुद ही दे देती हो, साड़ी काली, बच्ची नहीं हूँ, और जाने क्या-क्या, खुद ही तो बता देती हो - कितना हँसे थे - हम उस बात को लेकर।

एक अजीब सा अपनापन था उसकी बातों में वो सिर्फ मेरी बात करता था अपने बारे में नहीं। एक दिन मैनें पुछ ही लिया अपने बारे में कुछ बताओ।

-अपनी तो बताओ- तुम पूछोगी तभी तो बताएगें....

तो सब बताओ अपने बारे में आवाज से तो जवान लगते हो..

जवान ही नहीं सब कहते है खुबसूरत भी हूँ ,

ओहो-अपने मुहँ मिया मिट्ठू।

तो बतलाइऐ कब आऊँ आपके घर, नहीं तो कहीं और मिल लेते है, जहाँ आप को ठीक लगे, आसानी हो, मुलाकात भी हो जायेगी और बात भी। अभी तो वैसे भी आप तन्हा है निकल सकती है कोई पूछने वाला नहीं।

उसकी ये बात हथोड़े सी लगी - कहीं। मैनें इन दिनों एक बार भी आपको याद नहीं किया, कोई ख्याल ही नहीं।

हे! भगवान् मैं अपने पति को भूल गई अपने बच्चे,अपना घर। कैलेण्डर पर नज़र डाली 21अगस्त, 23 को तो आपको आना ही है करन दो महिने कहाँ गये, कैसे गुजरे, उधर से वो लगातार हैलो-हैलो कहे जा रहा था।मैनें ड्राईवर को आवाज दे कर एक नया सिम लाने को कहा। मुझे नहीं पता - मैं क्या करने जा रही थी। हाँ बोलो - मैनें खुद को संभालते हुऐ कहा....

हम मिल रहे है ना बोलो कब, कहां, किस वक्त, उसने बड़ी उत्सुकता से पूछा....

तुम्हारी उम्र कितनी है मैनें पूछा....

चौबीस साल, उसने कहा

और मेरी अड़तालिस साल, तुमसे दुगनी।हम नहीं मिलेगें मैंनें कड़ाई से जवाब दिया हमारा कोई मेल नहीं।

मेल, हमें कौन सी शादी करनी है उसने हँसते हुए कहा,
तभी तो तुम चढ़ती धूप हो और मैं ढलती शाम हमरा कोई मेल नहीं। हाँ तुमने मेरी ज़िन्दगी में कितने रंग भर दिये ।मुझे खुद से प्यार करना खुद पे फिदा होना सिखाया, मेरा आत्मविश्वास लौटा लाये तुम। मुझ पर तुमने बहुत उपकार किये और एक आखिरी उपकार भी कर दो वादा करो अब मुझे कभी फोन नहीं करोगें। बस ...कोई सवाल मत करो वरना मैं कमजोर पड़ जाऊँगी। मैनें उसको कुछ भी बोलने का मौका दिये बैगेर फोन काट दिया। मैनें मेरे फोन का सिम बदल दिया अब....

सुलभा ....

पर वो नम्बर मेरे जहन में बस गया है करन को ये बात मैं चाह कर भी मैं लिख नहीं पाई । बार बार मन उसी से बात करने को मचल रहा था। दो रात मैं सिर्फ रोई हूँ ये बात मैं किसको कहती। सुबह उठी सफेद किनारी की गुलाबी साड़ी पहन कर खुद को उसकी आँखों से शीशे में देखा। गुलाबी साड़ी पर सफेद फूल जंँचता है उसकी आवाज कानों में गूँज गई। गमले से सफेद गुलाब ले कर लगाया और बालों को लहराने दिया।

Sunil Gupta

ये सुनील गुप्ता जी है ,इनका मूल निवास अयोध्या जिले के पास ही एक छोटे से कस्बे गोसाईगंज में है ,ये एक अकाउंटेंट है और वर्तमान में नोएडा में निवास करते हैं और वहीं पर ही कार्यरत हैं।ये ग्रेजुएट है इन्हें प्यार भरी कहानियां लिखने का शौक है और कहानियों के साथ-साथ गीत और कविताएं भी लिखते हैं।

सलामवालैकुम

ये मेरे जिंदगी का आखिरी सलाम है मेरे खूबसूरत हमसफर ,मेरे महबूब मेरी जिंदगी का आखिरी सलाम कबूल करें।

अगर यह खत तुम्हारे हाथ में है तो इसका मतलब यह है कि मैं अब इस दुनिया से रुखसत हो चुकी हूं तुमसे बहुत दूर जा चुकी हूं , मुझे माफ कर देना मैंने बीच रास्ते में तुम्हारा साथ छोड़ दिया लेकिन मैं क्या करती शाजिद अब मेरे जीने का कोई मकसद नहीं बचा है । मेरी जीने की ख्वाहिश खत्म हो चुकी है अपनी इस जिंदगी में इम्तिहान देते देते थक गई हूं ,अब मैं अल्लाह की पनाह में सुकून से सोना चाहती हूँ ,

साजिद मुझसे नफरत मत करना मैं अब भी तुमसे बेशुमार मोहब्बत करती हूं लेकिन इस तरह तुम्हारा साथ छोड़ कर जाना मुझे जरूरी लगा हालांकि यह आसान नही था , साजिद मेरे जीने की हसरत खत्म हो चुकी है जानते हो क्यों क्योंकि मैं तुम्हारे लायक नहीं बची हूं मेरा दामन दागदार हो गया है , मैं नापाक हो गई हूं ,मैं कैसे अपने उस जिस्म को आपके सामने पेश कर सकती हूं जिसे किसी गैर ने छू लिया है और तो और उसके जुल्मो के निशान अभी भी इस पर मौजूद है जिसे आप नही देख पाएंगे आपको बहुत तकलीफ होगी और मैं आपको कैसे तकलीफ दे सकती हूँ आप तो मेरे दिल मे धड़कते हो, मैं इतनी बेवफा और बगैरत नहीं हूं साजिद की अपना नापाक जिस्म तुम्हें पेश करूं मैं तो उसी दिन मर गई थी ,जिस दिन शोएब ने मेरे जिस्म को छुआ था जिसपर सिर्फ और सिर्फ आपका हक था , हम खून के आंसू रोए थे उस दिन , जीते जी मर गयी थी मैं, उसने बहुत कहर ढाया है मुझपर उसे कभी भी माफ मत करना साजिद उसने तुम्हारी रुही को बहुत तड़फाया है बहुत रुलाया है ।

मैंने सिर्फ और सिर्फ तुमको चाहा है मुझ पर सिर्फ तुम्हारा हक है मेरे जिश्म पर मेरी सांसो पर और मेरे रूह पर सिर्फ और सिर्फ तुम्हारा हक है तुम्हारी जिंदगी बचाने के लिए मैंने किसी और के साथ निकाह करना तो कुबूल किया था लेकिन मुझ में इतनी ताकत नहीं है कि उसी नापाक जिस्म को

दोबारा से मैं तुम्हारे सामने पेश करूमेरी आंखे शर्मिन्दगी से उठेगी नही और मेरा जमीर मुझे इसकी इजाजत ही नही देगा, दूसरा मसला यह है कि इस हालत के बाद पूरी दुनिया तुम्हारी दुश्मन हो जाएगी अगर तुम मुझको अपनी आगोश में दुबारा से समेट लेते और फिर मेरी वजह से तुमपर कोई इल्जाम आयात करे या तुम्हे सर्मिन्दा होना पड़े। ये तुम्हारी रुही कैसे बर्दास्त कर सकती है , इसीलिए मैं इस दुनिया से रुखसत हो रही हूं जिससे तुम्हे सर्मिन्दा और जलील न होना पड़े

मुझे माफ करना मैं जानती हूं मैं तुम्हारे साथ बेवफाई कर रही हूं लेकिन आप तो मेरे दिल की हालत से वाकिफ है ना और मुझे पूरा यकीन है कि मेरे इस बेवफाई को आप माफ कर देंगे साजिद मैने जबसे होश सम्हाला है सिर्फ आप ही एकलौते हो जिसे टूटकर चाहा है ,रुही के जिस्म को भले ही किसी ने हासिल कर लिया हो लेकिन खुदा कसम आज भी रुही की रूह पर उसके दिल पर उसकी हर सांसो पर उसकी हर धड़कन पर सिर्फ आपका ही नाम लिखा है साजिद ।

मेरी आखिरी ख्वाहिश थी कि आप के हाथों ही मेरे जनाजे को मिट्टी नसीब हो , इसीलिए मैंने इतनी जिद करके आपसे निकाह किया था यह मेरी दिली तमन्ना थी और यही मेरी आखिरी ख्वाहिश थी ,और तुमने उसे भी पूरा कर दिया

जानते हैं आप मेरी जिंदगी की सबसे हसीन दिन कौन से थे जिस दिन आपसे मेरी मुलाकात हुई थी आपसे जिस दिन मेरा निकाह हुआ था ।आज भी जब उस हसीन लम्हे की याद आती है ,जब भी वो दिन याद करती हूं तो मेरे ओठो पर मुस्कुराहट आ जाती है ।

मैं जानती हूं आपको बहुत ही तन्हा छोड़ कर जा रही हूँ पर क्या करूं ,जाना बहुत जरूरी है , और हां मेरे जाने के बाद उदास मत होना एक बूंद आंसू के मत गिराना मैं तुम्हें जन्नत से देख रही हूं अगर तुमने एक बूद भी आंसू के गिराए तो मुझे बहुत ही ज्यादा तकलीफ होगी। क्या तुम चाहते हो कि तुम्हारी रूही को तकलीफ हो ? नहीं ना तो प्लीज रोना मत और प्लीज अपना ध्यान रखना मैं भले ही तुम्हारे साथ नहीं रहूंगी लेकिन तुम्हारी हर

हरकतों पर नजर रखूंगी और अगर जरा सी भी तुम्हारी लापरवाही दिख गई तो मैं तुम् से नाराज हो जाऊंगी,और फिर कभी सामने नही आऊंगी, क्या तुम चाहते हो कि तुम्हारी रूही तुमसे नाराज हो जाये ।

साजिद ने गर्दन हिलाई

तो ठीक है नहीं चाहते हो ना तो बादाम वाला दूध खुद लेकर के रोज पी लेना , मुझे साफ-सुथरे बिस्तर पसंद है रोज बिस्तर लगा के ही सोना और कपड़े अलमारी में निकाल के रख लेना उसके बाद गुसल खाने में जाना । तुम्हारी आदत है पहले जल्दी से घुस जाते हो फिर चिल्लाते हो,क्योकि अब तुम्हारे कपड़े देने के लिए तुम्हारी बीबी रुही मौजूद नही है , ये अपना फकीरों वाला हुलिया सुधार लो और फिर से मेरे वही मुस्कुराते और हस ते साजिद बन जाओ मैं जानती हूं तुम्हे बहुत तकलीफ हो रही है लेकिन मेरी मजबूरी को समझो । तुम तो अपनी रुही को अच्छी तरीके से समझते हो तो तुम मेरी मजबूरी मेरे हालात को समझ सकते हो।

अच्छा सुनो मैं तुमसे एक गुजारिश करना चाहती हूं अगर मुझे बेटी हुई तो उसका नाम रुही रखना मेरे ही नाम पर । जिससे तुम्हे मेरा थोड़ा सा खौफ बना रहे और मुझे कभी भूल ना पाओ और अगर बेटा हुआ तो उसका नाम रेहान रखना ।

तुम्हे पता है मेरा दिल कह रहा है कि बेटी ही होगी ,साजिद मेरी बेटी को मुझ से कम मत समझना वह तुम्हारी खूब खिंचाई करेगी , और तुम्हें वही सुधारेगी उसे अच्छे से तालीम देना और मेरे जैसे मत बनाना दुनियादारी की भी समझ देना अपने साथ उसे भी नमाज पढाना ,अच्छी अच्छी बातें बताना ,और सारे रोजे जकात सदके करना और इन सब की अहमियत सिखाना । अब मैं नहीं हूं तो आपकी जिम्मेदारी है मेरी बेटी बिगड़नी नहीं चाहिए अगर बिगड़ गई तो फिर समझ लेना तुम्हारी खैर नही। साजिद अपनी बेटी को तुम्हारे भरोसे छोड़ कर जा रही हूं अब मेरे हिस्से का प्यार भी उसे तुम्हें ही देना है ,अब तुम्ही उसके अम्मी भी हो अब्बू भी हो । मुझे यकीन है तुम कभी मेरे भरोसे को नहीं टूटने दोगे मुझे अपने साजिद पर पूरा एतवार है

साजिद मैंने आज तक सिर्फ और सिर्फ तुमसे मोहब्बत किया है बेपनाह मोहब्बत किया है टूट कर चाहा है तुम्हें । इसीलिए कह रही हूं कि मुझसे नाराज मत होना ,मैं जन्नत में तुम्हारा इंतजार करूंगी जब तुम आओगे फिर से एक बार जी भर के तुम से मोहब्बत करूंगी और इस बार मैं खुद तुम्हे अपने बाहो में भर लूंगी कसम से तुम्हारी जो भी हसरत अधूरी रह गयी सब पूरी करदुंगी, वहां हम दोनों को अलग करने वाला कोई नहीं होगा ना तो मजहब नाही रीति रिवाज और ना ही यह दुनिया तुम्हें इस तरह अकेला छोड़ने के लिए मुझे माफ कर देना साजिद अब देर हो रही है अब जा रही हूं । मुस्कुरा कर विदा कर दो रुखसत कर दो मुझे , अगर मुस्कुराओगे नहीं तो जा नहीं पाऊंगी आखिरी ख्वाहिश पूरी कर दो , क्या तुम अपनी दोस्त के लिए अपनी जान के लिए इतना भी नहीं कर सकते हो । तुम्हारे हाथ की मिट्टी मेरी जनाजे को नसीब हो इससे बढ़कर खुशी मुझे और क्या होगी उदास मत होना। मै ज्यादा दूर नहीं जाऊंगी तुम्हारे आसपास ही रहूंगी हवा का झोंका बनकर । जब भी तुम मुझे याद करोगे तो मैं आ जाऊंगी और तुम्हारे चेहरे को चूम कर निकल जाऊंगी और तुम्हारी हर हरकत पर नजर रखूंगी बस तुम आंखें बंद करना और मुझे याद करना ,अच्छा अब मुस्कुराते हुए इजाजत दो अपनी बीवी को किसी के जाते वक्त उसको मुस्कुरा कर भेजते है तुम्हारी तरह उदास होकर नही मैं तुम्हारा कयामत तक इन्तेजार करूँगी । हमेशा खुश रहो सलामत रहो सेहतमंद रहो दिल से यही दुआ है

खुदा हाफिज
सिर्फ और सिर्फ तुम्हारी रुही
अपनी कहानी बेपनाह इश्क का एक अंश

Sourav Wadhwa

Sourav Wadhwa, Chartered Accountant by profession and writer by Passion. A 22 year old guy , who performed his studies well and now started bringing his Emotions to the paper. He is a commerce Graduate from Delhi University. It is just beginning stage of him in the phase of writing and it is glad to know he initiated this phase with Flairs & Glairs.

Help him to achieve the highest in his Passion.

Hey you, yes you, the one, who is reading this, this is FOR YOU.

I can't find any other beautiful way to tell you my feelings FOR YOU through a letter of Love

It's since a long time I wanted to tell you all this, but Finally now the moment has arrived and I wanted to make this moment unforgettable for both of us, because you and me,

are now complete 'WE'

I don't know how to describe this in words but as you read this, you'd know how much my heart can't let you go.

I'd like to use this opportunity to appreciate your efforts made for me and for getting all my wrongs to the right ones and pampering my mistakes with love and care. If I could offer another life to you, I would do it without any second thought. You are always been there for me when I needed you the most and don't even allow me to look for you at all.

You will always be my first and last person.

You are more than a friend, my partner-in-crime, my other half or even though I would think twice to call you my BETTERHALF. You know me better than I know. You know my choices and preferences. You applaud my passions and tolerate my faults. You're there for me, always. And it's not always about what we say, or what we do - because you, only you, enough. You, with your smile, your laugh, your friendship- are more than what I deserve. We laughed, we cried, and we became stronger than we are, because there is no me without you. You are part of me - part of me, my life, my family, my entire world which revolves around you.

You have always been there for the ups and downs. You've seen me at my worst - you've been there to hold me. You are kind of a better me, holding me all together. We've taken on the world, together, side-by-side. The truth is, I don't think I could do it without you.

You will always be the one I can go to with anything at any time. You will always make me laugh the hardest. No matter how long it's been since we've spoken on the phone or how many days have passed since we've texted or how long it's been since I've got your kind of special hug our friendship will always be strong, loyal, and most important real.

I think you deserve the world and I want to become that world of yours, my love. Yet I want you to know, I find myself wondering what I did to deserve you.

You taught me what a soul mate really is, and I wouldn't be able to survive without having you in my life.

I don't know where you came from, or even how we managed to find each other: seven billion people in this world and

you were my favorite,
you are my favorite and
you will be my favorite.

The truth is, you are not my past - but you're my present and my future. The truth is, none of this would make any sense without you. We fit together like puzzle pieces. I don't think any of us are meant to walk this world alone, and I'm so lucky it's you I got to have by my side. Near or far, you'll always have that special corner deep inside my heart.

I miss your jokes, your smiles, your silly talks and funny nature. You have been the reason for my smiles and now that you are not here, I wonder if this smile will continue to be on my face. You will always be on my mind and I will never forget you because you are the best I could ever got. I believe in you and I know that you will never let me down.

I love the fact that you have been mine since long, now I don't feel to have someone else because I already have you who is better than anyone else I could have.

I think you were placed in my life for a reason. I sometimes find myself wondering what I did to deserve you but also question how lucky I got to have a friend like you. I am beyond grateful for all of the adventures we have gone on, all the memories that we have made, and the entire inside jokes that have accumulated over the years. From the very first minute we met in; I knew this was a relationship that was going to last forever.

Our sleepless sleepovers, endless laughing, and midnight feast cooking are only a few of my favorite moments I will forever be able to cherish with you. No time spent with you is ever wasteful, it's something I always look forward to. It doesn't even matter if the two of us hanging out together includes chilling on the couch and watching our favorite cartoons.

We had a very unconventional friendship, one that can never be replaced. I thought I'd be able to hold onto our friendship with pictures, letters, videos, recipes, and all the inside jokes that no one else could ever understand Memories, with the saddest realization that we will never make anymore. Some days are longer and sadder because I can't share them with you. I miss you.

Reality is, I know we can never go back to the way things were. We've come too far. Our world have changed drastically. I still keep those pictures, letters, and videos but they are now hidden. I understand there will be no more addition.

I will try never to hurt you again.

I apologize straight from the heart when I ignore you whenever you make an attempt to make me feel better after one of our pointless arguments. I overreact a lot, and it can get really annoying. I'm afraid one day I will say something or do something that'll make you lose your feelings for me. I'm worried you'll wake up one morning and not want me anymore. Thank you for making me feel beautiful. Thank you for giving much more than I could ever ask for. You are the one I want to share my life with. I never want to imagine what life would be on losing you somehow. I don't even want to think about it.

Thank you for always being there for me and giving me that shoulder to cry on, when I needed it. Thank you for living life to the fullest with me. Our friendship has been full of laughter, smiles, and adventure so far, I am fully ready to see what it holds for us in the future.

And I know you will never see yourself the way that I have portrayed here, but just know that I see you this way every single day. It's the reason why you deserve the world, because you change it.

SOURAV WADHWA

Shaifali Agarwal

Shaifali is not exactly a new writer. She started her journey from 2017 at YOUR QUOTE. She lives in Roorkee Uttrakhand. She is very positive person and like to write poem, shayari and inspirational Quotes. She wants to be a professional writer.

प्रिय ज़िन्दगी की हक़ीक़त,

बहुत समय के बाद, आज फ़िर तुमसे बात....... ख़त के ज़रिए। मेरे लिए तो आज भी वही हो तुम...... "मेरी ज़िन्दगी की हक़ीक़त"। हाँ ये बात और है कि अब इस हक़ीक़त की मुझे चाह नहीं। कितनी ही यादें हैं मेरे दिल की किताब के पन्नों पर जो आज भी उसी तरह बिखरी पड़ी हैं जैसी तुम छोड़ गए थे। लगता है कि आज भी तुम मेरे साथ हो।

मानो कल ही की बात है जब फेसबुक के एक शायरी ग्रुप में हमारी जान-पहचान हुई थी। तुम जो शायरियाँ पोस्ट करते थे वो मुझे बेहद पसंद आती थीं। आख़िर मैं भी एक लेखिका हूँ , हाँ ये अलग बात है मुझे अभी तक कोई नहीं जानता, ख़ुद की संतुष्टि के लिए ही लिखा है जो भी लिखा है। हाँ तो..... याद है तुम्हें तुम्हारी शायरियों का जवाब मैं भी शायरियों में ही देती थी और ये रोज़ का क्रम बन गया। मुझे इंतज़ार रहता था तुम्हारी पोस्ट का और शायद तुमको भी। याद है न तुमने कितनी कोशिशें की थीं मेरे करीब आने की और चाहती तो मैं भी थी कि किसी भी तरह तुम्हारे सम्पर्क में रहूँ।

तुम्हें आज तक एहसास नहीं शायद मेरे प्रेम में तुम्हारे लिए शिद्दत, इबादत, इज़्ज़त सब थे पर तुम्हारे लिए ये सब बस मस्ती का ज़रिया। या शायद किसी पैसे वाली लड़की से अपनी जरूरतों की पूर्ति करना। क्या नहीं किया मैंने तुम्हारे लिए जब लगता था जरूरत है तुम्हें किसी चीज़ की..... भेज ही देती थी किसी न किसी बहाने से । कुछ साल तो ठीक रहा पर धीरे-धीरे समझ आया कि तुम्हारा लालच बढ़ गया है। सीधे-सीधे न कह कर किसी न किसी बहाने से तुम अपनी ज़रूरते बताते रहे और मैं पागल तुम पर लुटाती रही।

ख़ैर छोड़ो ये सब..... ये सब मेरे लिए इतना मायने नहीं रखता। जब आये थे तुम पहली बार मुझसे मिलने.... अजीब सी हलचल थी मन में रात भर। पता नहीं क्या होगा ? पर सब बेहतरीन था। अमिट हैं वो यादें आज भी। सबसे खूबसूरत था "मुझे छूने से पहले तुम्हारा मेरी मांग भरना। बेहद प्यार और इज़्ज़त के साथ माथे को चूम लेना।" तुम्हारे इस्तेमाल किये हुए बर्तन, तौलिया, बिस्तर सब कुछ वैसे का वैसा ही है आज भी.... सुरक्षित...... तुम्हारे एहसासों के साथ।

उसके बाद भी सब बहुत खूबसूरत था सब मेरी दुनिया में। पर फ़िर मैंने महसूस किया तुम किसी और के साथ भी यही प्रेम दिखा रहे हो। तब लगा मेरी शिद्दत और इबादत का मज़ाक बन रहा है। बस यही कारण रहा जो मैं तुमसे दूर होती गयी और तुमने मुझे पुकारा भी नहीं। शायद तुम भी मुझसे किनारा ही कर लेना चाहते थे। कितने मतभेद हुए हमारे बीच में। सम्पर्क में न रहने से विश्वास भी ख़त्म होने लगा था दोनों का।

पर इन सबके बीच मुझे अच्छा लगा तो ये की " तुम्हारा मेरे चरित्र पर सवाल करना"। इसी बहाने से तुम्हारा मुखौटे के पीछे का चेहरा देखने को मिला। गलत थे तुम और हस्ताक्षर किए मेरे चरित्र पमाणपत्र पर। फिर भी मैंने एक अल्फ़ाज़ भी तुम्हारे लिए ग़लत नहीं बोला। हाँ आज ज़रूर इस पत्र के ज़रिए तुम्हें बता रही हूँ। क्योंकि तुम्हारे प्रेम से ज़्यादा मुझे मेरी इज़्ज़त से ज़्यादा प्रेम है। फिर भी कोशिश की तुमको मनाने की क्योंकि मुझे मान रखना था उस रिश्ते का जो तुमने मेरी मांग भरकर मुझे दिया था। मुझे मान रखना था उस प्रेम का जो मैंने बड़ी शिद्दत से किया था। पर अफ़सोस ये हो नहीं पाया। तुमने तो ठुकरा ही दिया था मुझे और मैं भी शांत थी। तुमसे अलग होकर एक बार फिर अपने लेखन को ज़िन्दगी का हिस्सा बनाया और कोशिश करती थी व्यस्त रहने की। पर अब लोग मुझे थोड़ा-थोड़ा जानने लगे हैं। तो अब क्यों सम्पर्क करने की कोशिश है तुम्हारी। जिसके लिए मुझे बदनाम किया वो तुम्हें छोड़ गई या उससे तुम्हारी भौतिक और घर की ज़रूरतें पूरी नहीं हुयीं। सम्पर्क के लिए मैसेज में भी तुम्हारी अकड़ ही दिखाई दे रही है। पर सुनो ज़िन्दगी...... अब मैं अपने फ़ैसले लेने में समर्थ हूँ। अब मैं तुम्हारे लिए नहीं अपने लिए जीना चाहती हूँ। जो अपमान तुमने जाने अनजाने मेरा कर दिया है उसके बाद तो माफ़ ही करना मुझे...... मैं बहुत दूर जा चुकी हूँ तुम्हारे रास्तों से.......

एक अधूरा ख़त.....
जो कभी पूरा होगा भी नहीं
जब इश्क़, इबादत, शिद्दत
सब तो अधूरे रह गए
तो ये ख़त पूरा करके
किसे भेजूँ....

तुम दिल के पते पर
अब नहीं रहते.....

Deepak Pradhan

यह दीपक प्रधान जी हैं, इन्हें हर कोई प्यार से दीपक बाबू भी कहता है। यह मध्य प्रदेश के धार जिले के धामनोद नामक नगर में निवास करते हैं, यह वर्तमान में धार जिले के मनावर नगर में बैंक सहायक कर्मचारी के पद पर कार्यरत है। यह ग्रेजुवेट हे, इन्हें दर्द भरी,प्यार भरी,प्रोत्साहित करने वाली तमाम प्रकार की कहानियां एवं कविताएं लिखने का शौक है। यह बचपन से ही लेखन प्रतियोगिताओ में अव्वल दर्जे के लेखक हे।

प्रिय बाबू,

तुम्हारे बारे में जोभी लिखु जितना भी लिखू मेरे लिए बहुत अधूरा हे क्योकि अगर तुम मेरी जिंदगी में नही होती तो में कुछ भी नही होता तुमने मुझे हर वक्त जीवन की तमाम विकट परिस्थितियों में प्रेरित किया हे,तुमने मुझे लिखना सिखाया हे। मैं लिख नहीं पाता अगर तुम न होती तुम्हें देख देख बस लिखना सिखा हु तुम कोई ओर नही मेरी कविता हो में तुम्हारे बीन बहुत अधूरा हु तुमने मुझे एक शिक्षक के भाति पढ़ाया हे एक माँ के भाति निहारा हे।तुमने मेरे जीवन में एक मित्र की कमी दूर की हे या यु कहु तुम ही मेरे मित्र हो जीवन में सच्चा मित्र मिलना किसी खजाने से कम नहीं है। मेरे भी अनेक मित्र हैं, परंतु मेरी बाबू तुम सच्चा और सबसे प्रिय मित्र हो।बाबू क्या कहु तुम्ही तो मेरी प्रेरणा हो तुमसे ही मुझे लिखने की ताकत मिलती हे क्योकि तुम ही तो मेरी प्रेरणा हो,तुम जब पास होती होतो एक खुशहाल कविता लिखता हु,तुम जब पास नही होती हो तो एक गमगीन कविता लिखता हु।

मैं जानता हूं तुम ही मेरी कविता की आत्मा हो,
आखरी अब तुम ही तो मेरी कविता का अंत हो,
मैं नहीं जानता मैं तुम्हें कैसे लिखता हूं,तुम्हें सोच सोच बस लिखता हूं,पता नहीं तुम कौन हो,मैं तो कुछ भी नहीं हूं,सारी कविताएं बस तुम हो,
जब भी मैं लिखने बैठता हूं तुम्हें महसूस करता हूं।
My Superwoman my babu...

Shah Afak

शाह आफाक एक सामान्य नागरिक हे जो गुजरात के एक शहर सुरत में रहता है। उन्हे शेरो शायरी ओर तकनीकी चीजों में बहुत दिलचस्पी हे ओर उन्हे घूमना ओर नए नए मित्र बनाना व खाने में नए नए व्यंजन को टेस्ट करना बहुत पसंद है

मेरी डियर पगली,

तुमसे बात हुई काफी समय हो गया,पता ना तुम कहा चली गई आज भी तुम्हारी बहुत याद आती है। बस तुम्हारी याद को में इस लेटर के जरिए तुम्हे बता रहा हूं।

मैं यह लेटर तुम्हें बस यह बताने के लिए लिख रहा हूं कि मैं तुमसे बहुत प्यार करता हूं. हरपल तुम्हारी याद आती है । सुबह उठने के बाद तुम ही मेरा सबसे पहला ख्याल होती हो और रात को सोने से पहले भी तुम ही मेरा आखिरी ख्याल. हर बीते दिन के साथ तुम मेरी आदत बनती जा रही हो और मुझे यह आदत बहुत अच्छी लगने लगी है।

जब भी मैं परेशान होता हूं दुखी होता हूं तुम मेरा सारा दुख दर्द पल में दूर कर देती थी।

तुम्हें बता नहीं सकता कि जब तुम मेरी आंखों में देखती हो तो मुझे कितना अच्छा लगता है। उस वक्त मुझे ऐसा लगता है कि मैं सिर्फ तुम्हें ही देखता रहूं। जब तुम हंसती हो तो मुझे लगता है कि पूरी दुनिया हंस रही है और जब तुम दुखी होती हो तो मुझे लगता है कि पूरी दुनिया दुखी है।

मैं जानता हूं कि जब भी मैं तुम पर गुस्सा होता हूं, तो तुम मुझे कुछ नहीं कहती और फिर अगले दिन मुझसे ऐसे बात करती हो जैसे कुछ हुआ ही ना हो,शायद यह सिर्फ तुम ही हो जो पूरी जिंदगी मेरा साथ दोगी।

तुमने हर अच्छी बुरी स्थिति में मेरा हमेशा साथ दिया और इसलिए मैं तुम्हारा तहे दिल से शुक्रिया करता हूं,

अगर तुम खुद को मेरी नजरों से देखो तो जान जाओगी कि तुम मेरे लिए कितने खास हो, मैं तुम्हारे बिना अधूरा हूं।

ये कहो की में तुम्हारे बिना अधूरा हूं।

तुम्हे याद हे, हमारी पहली मुलाकात हुई थी, ओर एक नए प्यार की शुरूआत हुई थी, मुझे आज भी याद है वह दिन हमारे पहली मुलाकात का,उस दिन को कभी भूल ना सकता मे।

तुम मुझे अक्सर देखा करती थी धीरे धीरे बात हुई फिर मुलाकात हुई।फिर फ्रेंड

मेरी लिए तुम एक परफेक्ट लड़की थी,ना जाने तुम में क्या बात थी कि में तुम्हारी तरफ खींचा चला अ◌ा रहा था।

वह तुम्हारी लहराती जुल्फे। आंखो का काला काजल मुझे तुम पर से नजर हटने देता ही ना था। ये सब में आज भी भुला ना हे।
लेकिन कहती हे ना हर प्यार में तकलीफ आती है वैसे ही हमारे प्यार में भी पता ना क्या तकलीफ आ गई, कुछ पता ना चला तुम अचानक से कहा चली गई
में कब से तुम्हारा इंतजार कर रहा हूं।पर तुम अभी तक ना आई,ना कोई संदेश ना कोई फोन ना कोई बात,बताई ऐसे अचानक से कहा चली गई तुम।में तुम्हारा इंतजार कर रहा हूं। हर पल तड़प था तुम्हारी याद में, कुछ अच्छा लगता ना हे।
पूरी दुनिया बेकार लग रहीं हे ,जेसे कोई जिंदा ही ना हो। लोट आओ ना तुम जल्दी से , मुझे पता है एक दिन तुम जरूर आएगी ओर मेरे को गले से लगा लोगी, लोट अ◌ाना जल्दी से तुम मेरे पास में जिंदगी भर तुम्हारा पागलो की तरह प्यार करता रहूंगा।

अ◌ाई लव यूं पगली और मैं तुम्हें अपनी आखिरी सांस तक प्यार करता रहूंगा ।

Love You Miss You
तुम्हारा पागल आशिक

Nidhi Nigam

Nidhi Nigam belongs to Uttarakhand, which is also known as "Dev Bhoomi".

On the surface, Nidhi Nigam is as the founder of Btosis Service Provider (Digital Marketing Platform), also Chairperson of Being Medicozz which is an initiative for bringing bright future for upcoming medical student. By Academic Qualification, Nidhi is a Biotechnologist.

Nidhi loves to do most of things but above then all off things her passion for writing is absolutely true. She likes to writes poetry on occasion mostly.

Nidhi writes her poetries mostly in her Your Quote account and also posted in her Instagram page - Preety_the Preet.

प्रेम पत्र मेरी मां को ..

मेरी प्यारी मां,

कहना हमेशा से बहुत कुछ चाहा पर कभी मै कह नहीं पाई, जितनी भी तारीफ करूं लफ्ज़ ही कम पड़ जाते हैं, कैसे कहूं आपको शुक्रिया शब्द ही समझ नहीं आते हैं।
दुनिया की इस भीड़ में एक तुम ही हो जिसने कभी एक पल की भी फुरसत नहीं पाई है, ओ! मेरी मां बता मुझे की तू इतनी हिम्मत कहा से लाती हैं। एक भी दिन ना देखा ऐसा जिसमें तुमने थकान कभी मिटाई हो, Sunday हो या Monday हर रोज़ वहीं तुम्हारी Duty जिसमें कोई भी कभी नहीं की तुमने कमाई हैं।
आखिर कैसे लाती हो इतनी ताकत, सबकी सुनने की, सबकी फरमाइशें पूरी करने की,कभी नहीं सोचती हो खुद का बस ध्यान रहता है तुमको सबका। सच सच कहुं तुमसे एक बात एक तुम ही रहती हो बस हरदम मेरे साथ। बिना तेरे घर कभी घर नहीं लगता। दाखिल होते ही लगती हैं मां सिर्फ तेरी ही तलब।
सुबह जब भी आंख खुले जुबां पे सिर्फ तेरा ही नाम होता है, जब भी थक के सोऊ तेरे ही हाथों से आराम होता है। कोई कुछ भी कहे , तेरा हिस्सा हूं,तेरा किस्सा हूं मैं। हू चाहे जैसी भी पर फिर भी तेरे जिगर का टुकड़ा हू मै। चाहे बुलाऊ किसी भी नाम से सबका एक ही मायना हैं, मेरी मां तेरी ये बेटी तेरा ही ही आयना हैं।

।। बस खुदा से मेरी इतनी दुआ हैं अब मेरी,
जब भी जन्म लू तो बस औलाद बनूं मै तेरी।।

आपका आयना,
निधि निगम

एक पत्र मेरी जिंदगी के नाम..

मेरी ज़िंदगी,

तुझको यू तो समझने की कोशिश तो बहुत की मगर तू है क्या ये मुझे कभी समझ नहीं आता है। ना तू समझ आती है ना तेरा हिसाब समझ आते है ना ही तेरी किताब के हर्फ समझ आते हैं। सच बोलूं तो मुझे ऐ ज़िंदगी तेरे फलसफे समझ नहीं आते। यूं तो कितने ही पन्ने है इसके आख़िर किस किस को सम्भाल कर रखु और कौन सी फाड़ दू सफहे ये समझ नहीं आता। चौंकाया है तूने मुझे यूं तो हर मोड़ पर, ना जाने अभी और बाकी है किस्से कौन से मुझे ये समझ नहीं आता। हम तो कभी ऐसे थे कि गम मै भी ठहाके लगाया करते थें, और अब ये आलम है कि लतीफे समझ नहीं आते। फिर भी मै करती हूं तेरा शुक्राना जो हर नेमत से तूने नवाजा हैं मुझको, पर ना जाने क्यों फिर भी मुझे तेरे तोहफे समझ नहीं आते ।

।। ऐ ! ज़िंदगी तेरे फलसफे समझ नहीं आते ।।
निधि निगम

मुझे अब डर नहीं लगता..

अये ! मेरे अंदर बसे हुए खौफ , यूं तो तूने बहुत तोड़ा हर बात पर ज़िन्दगी ना जी पाई सिर्फ तेरे होने के नाम पर। तुझसे आज मुझे कुछ कहना है, अब डरती नहीं तुझसे मै क्योंकि मुझे अब डर नहीं लगता- किसी के दूर जाने से या कोई ताल्लुक़ टूट जाने से,किसी के मान जाने से, किसी के रूठ जाने से ,मुझे अब डर नहीं लगता। ना किसी को आजमाने से, ना किसी के आजमाने से, मुझे अब डर नहीं लगता। किसी को छोड़ जाने से, ना किसी के छोड़ जाने से, ना शम्मा को जलाने से , ना शम्मा को बुझाने से, मुझे अब डर नहीं लगता। अकेले रह जाने से, या अकेले मुस्कुराने से, ना इस सारे ज़माने से,ना हकीक़त से ना फसाने से, ना किसी बात से ना किसी जज़्बात से,ना अपनी जिंदगानी से ,ना मौत के साथ से,

मुझे अब डर नहीं लगता तेरी किसी भी बात से।

निधि निगम

Jignesh Goswami

ये जिग्नेश जी हे,इनका मूल निवास स्थान गुजरात है। गुजरात के एक छोटे से गांव में रहते हैं, B.com कंप्लीट किया है। मार्केटिंग की जॉब चालू है। इन्हें किताबें पढ़ने का शौक है और नई-नई चीजें जानने का शौक है।

मेरे बेस्ट फ्रेंड

आपको मैं एक लेटर लिख रहा हूं। जो बातें मैं आपको कहना चाहता था लेकिन बता नहीं पाया था। अपने शब्दों को इस लेटर के जरिए बयां कर रहा हूं।

ना जाने कैसे मिल गए आप मेरे को इस ऑनलाइन दुनिया में, आज तक मेरे को ना रियल लाइफ में ना ऑनलाइन आपके जैसा कोई दोस्त मिला, पता नहीं आपमें वह क्या बात थी । सबसे अलग जो मेरे को आपकी तरफ खींच रही थी।

आपकी बहुत सी बातें आज भी याद है मेरे को जो जिंदगी भर याद रहेगी । में कभी नहीं भूल सकता आपको। मैंने किसी लड़की को बेस्ट फ्रेंड सच्चे दिल से और मन से माना था तो वह आप थे।

भले ही आप एक लड़की थे लेकिन हमारी दोस्ती सबसे न्यारी थी। आज भी आपकी बहुत सारी अच्छी-अच्छी बातें मेरे को याद आती है, ओर मेरे को रुला कर एक मीठी सी स्माइल दिला जाती है।

आपकी कुछ कड़वी बातें, आपकी लड़ाई आप का मीठा सा गुस्सा।

आज भी बहुत याद आता हैं।आपको याद है जब पहली बार हम मिले थे ऑनलाइन। मैंने किया था आपको मैसेज। फिर धीरे-धीरे बात होती रही और पता ही नहीं चला आप मेरी कब बेस्ट फ्रेंड बन गए। आज भी याद है मेरी गलतियों पर आपका मुझे डांटना। काफी सारी बातों पर मुझे समझाना।

वैसे तो मुझे आप को समझाना चाहिए मैं आपसे बड़ा था थोड़ा, लेकिन फिर भी ना जाने आप मेरे को कितना समझाते रहते हैं। हर बात को मुझे बताते रहते थे। आज भी याद है वह सारी बातें।

ना जाने कितनी बार आप की ओर मेरी किसी ना किसी बात से लड़ाई हुई। छोटी-छोटी बात पर काफी सारी तकरार हुई। कई बार तो पूरा दिन भर चलती रही हमारी लड़ाई। आप हार मानने को तैयार थे ना मैं।

एक समय तो ऐसा आया जैसे टूट जाएगी हमारी यारी, क्योंकि कुछ ज्यादा ही बढ़ गई थी हमारी लड़ाई,सब कुछ डिलीट हुआ block भी हुआ में।पर पता नहीं कुछ दिन बाद सब अपने आप ठीक हो जाता इतना लड़ने के बाद

तो कोई वापस बात भी ना करता फिर भी हमारी हो रही थी बाते ऐसा एक बार नहीं कई बार हुआ। यद वो इसलिए था कि हमने दोनों को दिल और दिमाग से सच्चा फ्रेंड माना था। ओर मैंने तो आपको एक अपना बेस्ट फ्रेंड माना था।

पर मेरी कुछ बातें गुस्से में मैं कुछ ऐसा बोल जाता था जो आपको ज्यादा परेशान कर जाती थी। तभी आप भी मेरे पर कुछ ज्यादा गुस्सा हो जाते थे,और मेरी वजह से आपकी काफी सारी पढ़ाई भी बिगड़ रही थी। तो आपने और मैंने साथ मिलकर लिया था एक फैसला।

हम भी जब बात करते हैं तो हो जाती है लड़ाई इससे अच्छा रहे, हम दोनों एक-दूसरे से दूर,ना करे ना कोई बात। पर बात हो ही जाती थी।

फिर इस लड़ाई से आप भी परेशान थे और मैं भी एक दिन मैंने बोल ही दिया कि अब कभी नहीं करेगा आपसे बात में☹ बस शायद वह हमारी लास्ट बात थी ,मैं आपको ब्लॉक नहीं कर रहा था फिर भी आपने करवाया मुझे जबरदस्ती ब्लॉक ओर चले गए मेरे से हमेशा के लिए दूर पर इससे कुछ फर्क नहीं पड़ता मुझे आप मेरे बेस्ट फ्रेंड थे हैं और रहेंगे हमेशा, अरे बात ना हुई तो क्या हुआ बात होने से थोड़ी कोई फ्रेंड होता है।हमने आपको मान लिया है फ्रेंड,

तो आप हमारे बेस्ट फ्रेंड है हमेशा और रहेंगे जब तक हम जिंदा है।

बस आपसे एक बात कहना चाहूंगा आपकी याद बहुत आती है। हर रोज आपको दो से तीन बार तो याद करता ही है। आपकी आईडी बार बार देखता हे की कहीं कोई msg तो नहीं आया,पर कुछ ना होता बस निराशा हाथ लगती है।

वापस आ जाओ ना दोस्त,आपका गुस्सा आपकी डाट मेरे को प्यारा प्यारा लगता है अब। पहले मैं भी गुस्से में सामने से काफी कुछ बोल दिया करता था आपको आप वापिस आ जाओ मैं नहीं बोलेगा आपको कुछ।

Please दोस्त वापस आ जाओ मेरे को डांट दो मेरे पर गुस्सा करो आपकी आवाज आपकी वह बातें सुनने के लिए मैं तरस रहा हूं तड़प रहा हूं।

लौट आओ ना दोस्त लास्ट बार अब मैं कभी गलती नहीं करेगा आकर मेरे को सुनाओ कुछ भी चलेगा बस एक बार वापस आ जाओ बस मुझे आपसे यही कहना था।

मुझे यकीन हे आप एक दिन लौट कर जरूर आएंगे, ओर मेरे को खूब सारा सुनाएंगे, जब तक आप आते नहीं तब तक करता रहेगा आपका इंतजार में हमेशा आपकी यादों के सहारे, हमारी नटखट यारी के सहारे।

आपका लोट आने इंतजार हे अब बस दोस्त

आपका बेस्ट फ्रेंड

Anil Singh Tomar

अनिल सिंह तोमर ने B. Tech (Mech. Engg) और M.Tech (Prod.Engg) से किया।
कई प्रकार की निजी नौकरियों को छोड़ने के बाद बच्चों के शिक्षण कार्य में लगे हुए हैं। उनके लिखने की प्रक्रिया का उदगम् क़रीब 3 वर्ष पूर्व ही हुआ। जिसमें उनके द्वारा वास्तविकताओं को समाज के सामने प्रस्तुत करना ही उनका परम् ध्येय है।

आज उनके द्वारा शायरी, कहानी और कविताओं के द्वारा अपनी लेखनी में धार लगाने की प्रक्रिया निरंतर जारी है।

शिक्षक पत्र

आज शिक्षक दिवस के ख़ास मौके पर मेरा ये पत्र देश और दुनिया के सभी गणमान्य शिक्षकों को समर्पित करता हूँ। मैं अपने सभी शिक्षकों का आभार प्रकट करता हूँ। जिसके कारण आज मैं जिन आंतरिक ऊंचाइयों पर पहुंचा हूँ वहाँ पहुंचना मुझ जैसे सामान्य इंसान के लिए कभी संभव नहीं होता।
शिक्षक जीवन में बचपन के उन मासूम पलों का सूत्रधार होता है। जब बच्चे के अंदर जिज्ञासा का समुंदर हिलोरे मार रहा होता है।
बचपन में बच्चे के मन में हजारों-लाखों सवालों की लहरें जबाव रूपी किनारा चाहती हैं। जहां बच्चे का ध्येय प्रसन्नता के तट पर पहुंचकर विश्राम करना होता है।
शिक्षक होना आज के युग में एक तपस्वी की तपस्या जैसा है। जिसमें सांसारिक द्वंदों के बीच अपनी नाव को ज्ञान रूपी पतवार से किनारे लगाना है। शिक्षक होने का तात्पर्य यह है कि वो एक समझदार विद्यार्थी की तरह जीवन के सभी अनुभवों को आत्मसात करते हुए उनसे निरन्तर सीखता चले। सीखने की कला और उन अनुभवों को बच्चों के साथ पारदर्शिता के साथ ही श्रेष्ठ शिक्षक की निशानी है।
वास्तविकता में किसी शिक्षक का कार्य पढ़ाना नहीं होता अपितु उन शब्दों के सार के सत्व को बच्चे के अंदर पहुंचा देना ही उसकी योग्यता का प्रमाण है।
शिक्षकों को समकोण, अधिककोण, न्यूनकोण पढ़ाने के साथ-साथ दृष्टिकोण को विकसित करना सबसे उच्चतम कार्य है। शिक्षक की दृष्टि से ही बच्चों में दृष्टिकोण विकसित किया जा सकता है। दृष्टिकोण विकसित होने की प्रक्रिया हर बच्चे की बौद्धिक और मानसिक क्षमताओं पर निर्भर करती है। यह एक निरन्तर प्रक्रिया है, जिसमें पूर्ण विराम की संभावना नगण्य है।
शिक्षक का प्रस्तुतिकरण किताबी जानकारी को स्वयं के अनुभवों के साथ जोड़कर प्रस्तुत करना एक अदम्य साहस के परिचय को चरितार्थ करता है। शिक्षक द्वारा बच्चों की कल्पनाशीलता को चरम पर ले जाना, जिसमें बच्चे अपनी कल्पनाओं में जीवंतता को स्वयं अनुभव कर सकें। यही शिक्षक

का विशेष गुण है जो उसे लाखों तथाकथित शिक्षकों की भीड़ से पृथक करता है।

शिक्षक की तंयमता और विवेकशीलता इस बात का परिचायक हो कि वो बच्चों को जो दिख रहा है उसके परे सच्चाई से अवगत करा सकें।
इसके लिए शिक्षक को चिंतन और मननशील होने की आवश्यकता है। ऐसे शिक्षक का जीवन निरंतर एक विद्यार्थी के जीवन जैसा ही है, जो निरंतर सीखने के प्रयास में कार्यरत रहे। ऐसे शिक्षक के लिए किताबें गौण हो जाएं और अस्तित्व की इकाईयाँ ही उसकी गुरु हो जाएं।
सही अर्थों में शिक्षक वही है जो जैसा बोलता है वो वैसा जीता भी हो। पारदर्शिता के साथ पहले जीना उसके बाद ही उसे कुछ बोलने का अधिकार है। जो केवल बोलता हो और जीता न हो, वो पूर्ण रूप से अभी अधूरा ही है। जो जिए फ़िर बोले वही सच्चा अनुभवी है।
वही सच्चे अर्थों में शिक्षक कहलाने का अधिकारी है।
वर्तमान समय में समाज द्वारा शिक्षक की उपेक्षा के कारण आज सभी बौद्धिक और चिंतनशील लोग शिक्षण क्षेत्र से दूर भाग रहे हैं। जिसका संपूर्ण दोष तथाकथित समाज के कंधो पर है। जिसका भुक्तभोगी भी वही समाज है। बस इसको देखने के लिए सामान्य जन के पास न दृष्टि है और न समय।
आज के युग में शिक्षकों का उद्देश्य बच्चों के साथ खानापूर्ति का एक कार्यक्रम बन कर रह गया है। जिससे न शिक्षक कभी संतुष्ट हो पाते हैं और न बच्चों में शिक्षा के प्रति कोई लगाव नज़र आता। शिक्षकों की उदासीनता ने इस महान देश को उस चौराहे पर लाकर खड़ा कर दिया है कि जिधर भी चलें शोषण, भ्रष्टाचारी, कामचोरी, लाचारी, अपराध और आर्थिक विषमताओं की गहरी खाई ही नज़र आती है।
शिक्षक देश निर्माण का स्तंभ हुआ करता था। आज के परिदृश्य में शिक्षक को संभालने के लिए कई स्तंभों की आवश्यकता जान पड़ती है।
इस पत्र के माध्यम से मैंने अपने शिक्षकों में क्या देखा और एक शिक्षक की सोच, जिम्मेदारी के बारे में लिखने का प्रयास किया है।
शायद आप लोग मेरे विचारों को आत्मसात कर पाएं।

मानव

ये मेरा पत्र इस धरा के हर उस इंसान के लिए है जिसने प्रत्यक्ष और अप्रत्यक्ष रूप में मुझे सामाजिक, शारीरिक, बौद्धिक, मानसिक, भावनात्मक रूप से हर पल हर क्षण आगे बढ़ाया है।

मैं जानता हूँ कि मैं सभी को जानता भी नहीं हूँ, पर मैं यह भी जानता हूँ जिसको मैं नहीं जानता उससे भी मेरा एक अटूट संबंध है।

विचारों की गहराईयों में जाकर सोचता हूँ तो ऐसा लगता है एक रिश्ता तो उस इंसान से भी है जिसने पहली बार पेड़-पौधों से भोजन खाया होगा। उस युग के पहले इंसान से भी है जिसने पहली बार अग्नि को प्रज्वलित कर अंधकार में प्रकाश फैलाया होगा। उस इंसान से भी एक रिश्ता जुड़ता है जिसने इस नंगे बदन पर पौधों के कुछ रेशे लिपटाए होंगे। एक संबंध तो उस इंसान से भी जुड़ता है जिसने पहली बार पहिए का ईजाद किया होगा। एक रिश्ता तो उससे भी जुड़ता है जिसने पहली बार रहने के लिए आश्रय बनाए होंगे। इस धरा के उस पहले किसान से भी आत्मीयता का भाव जागृत होता है जिसने पहली बार अनाज उगाया होगा। पशुओं का अपने आवश्यक कार्य के लिए उसे शायद बाद में समझ आया होगा। मेरा संबंध उन लाखों-करोड़ों लोगों से है जिन्होंने मानव की श्रेष्ठता के लिए कार्य किया।

उन सभी के प्रति तो मैं हृदय से कृतज्ञ हूँ।

आज की आधुनिक दुनिया की भाग-दौड़ में कहने को अनेक संबंध है लेकिन उसमें नवीनता और उत्साह अब दिन-प्रतिदिन कम होता जा रहा है। समय के साथ कभी-कभी ऐसा प्रतीत होता है कि इंसान इस 800 करोड़ की भीड़ में अकेला ही है। आज हमने उन संबंधों को भी तार-तार कर दिया जिन्हें कभी सर्वोच्च स्थान दिया जाता था।

मानव का दूसरे मानव के प्रति बढ़ती कटुता हमारे जानवर होने का प्रमाण है। जिससे आज हमारे अंदर मानवीयता का बीज अंतिम साँसे ले रहा है। हर तरफ़ एक शोषण का चक्रवात चल रहा है, जिसमें हर दूसरा व्यक्ति पहले को मानसिक, शारीरिक, भावनात्मक, आर्थिक, बौद्धिक रूप से हानि पहुँचाने का प्रयास कर ही रहा है।

मेरे मन में ऐसे लोगों के लिए एक व्याकुलता नज़र आ रही है, कि निकट भविष्य में मानव कैसे धरती पर जिएगा..??
धन्यवाद।

Anshul Nanda

ये अंशुल नंदा मुजफ्फरनगर, उत्तर प्रदेश के रहने वाले हैं। वर्तमान में यह दिल्ली में एक अध्यापक के रूप में कार्यरत हैं। इन्होंने सांख्यिकी विषय में परास्नातक किया है। इन्हें प्रेरणादायक कविता और कान्हा जी की कविताएं लिखने का बहुत शौक है।

N.V....

यूं तो क्या ही कहूं इनके बारे में...पर जो भी कहूं वो कम ही होगा।ये बात है 10/02/17 की जब मैंने अपने प्यार का इजहार तुमसे किया...थोड़ा डरा हुआ थोड़ा सहमा हुआ था उस समय, क्योंकि इससे पहले कोई लड़की लाइफ में नहीं आईं थीं और अब चाहता हूं कि तुम ही आखिरी भी रहो। अब ऐसा लगता है जैसे मेरे दिल का पूरा कनेक्शन तुमसे जुड़ गया हो,जब तुम्हें हंसता हुआ देखता हूं...तो खुद भी खुश हो जाता हूं।जब तुम उदास हो जाती हो तो पता नहीं क्यों बैचेन हो जाता हूं, तुम्हारे साथ कुछ बुरा होने के विचार मात्र से मैं अंदर से कांप उठता हूं दिल में एक अजीब सा दर्द होने लगता है...!!

पता नहीं मुझे क्यों लगता है कि वो तुम्हीं हो जो जीवन भर
मेरा साथ निभाओगी, तुम्हारे बिना जीवन बिल्कुल अधूरा सा लगता है...अगर तुमसे एक दिन बात ना हो तो मन में खालीपन सा रहता है।जब कभी तुम कहीं चली जाती हो लगता है दिल का एक हिस्सा अपने साथ ले गयी हो..!!
जब तुम्हारे आने का पता लगता है तो मानो ऐसा लगता है जैसे कि कान्हा जी ने मेरी अर्जी सुन लीं हो...।

मैंने तुम्हारे साथ बिताए हर एक पलों को संजोकर रखा है... तुम्हारा मेरे साथ घूमना, मेरी खुशी में साथ रहना, मेरे दुःख को अपना समझना...ये मेरी लाइफ के खूबसूरत लम्हें है जो कभी भूल नहीं सकता हूं...!! इतना ही कहूंगा...

दिल,धड़कन,जिगर,सब कुछ तुम हो...
और तेरे बिना मैं कुछ भी नहीं..!!

एक ऐसी इंसान जो protective भी हो...हर पल साथ रहने वाली हमेशा अच्छे बुरे की पहचान कराने वाली... तुम हो ही ऐसी तुम्हारे ख्यालों में जाने का रास्ता तो है पर उनसे बाहर निकलने का रास्ता नहीं है...!कहना बस इतना चाहता हूं कि तुम्हारी हर हंसी में साथ हंसने के लिए और तुम्हारे हर आंसू को समेटने के लिए मैं हमेशा तुम्हारे साथ रहूं...। क्योंकि मैं तुम्हारी कहानियों में घूमना चाहता हूं,

तुम्हारी बकबक सुनना चाहता हूं, तुम्हारे साथ लड़ना चाहता हूं, तुम्हें मनाना चाहता हूं, जिंदगी की भागदौड़ के बीच से छोटी छोटी खुशियां चुराना

सीखना चाहता हूं,और तुम्हारी हंसी की वजह बनना चाहता हूं... तुम्हारे साथ जीना सीखना चाहता हूं... और हां मैं अब तुमसे कह सकता हूं कि मैं तुमसे प्यार करता हूं और शायद इससे ज्यादा और करना चाहता हूं....!! आखिर में इतना ही कहूंगा कि...

तुम.....
कभी इशक़ तु, कभी अश्क तू!
कभी दर्द तु, कभी मर्ज़ तू!
और मैं कभी अर्श पे, कभी फर्श पे!
कभी घर मेरा ,कभी राह तू !
मेरी चाहत और राहत भी तू !
और दिल घूमता है मेरा ख्याल तू!
कभी कोई गिला ..या इबादत का सिला ..!
कभी आस और कभी प्यास तू !
कभी आईना कभी अक्स तू!
कभी तू रूबरू ,कभी मैं भी तू!
मेरा नाम भी निशान भी तू!
कभी दिल हूं मैं कभी जान तू!
मैं कुछ नही तेरे बिना ,
मेरा कोई नही तेरे सिवा...!!
लव यू मेरी प्यारी N.V.

Baleshwar Jangde

Baleshwar Jangde is a new writer and he live in Bilaspur Chhattisgarh. He is a student. He started his journey in writing on February 2019. Mostly his writings are based on the real things. He likes write poem and shayari Specially two liners. Some of his shayari and poems has been published in the books. He writes a lot of deep shayari. He always try to be a good writer.

Dear तुम

जब तुम्हें पहली बार देखा था बस तब से तुम्हें देखने की आदत सी हो गयी है। जब भी तुम मेरे पास होती हो एक सुकून सा मिलता था। तुमसे बातें करना लड़ना झगड़ना घूमना ज़िन्दगी का एक अहम हिस्सा बन गया था। जब तुम बाते करती थी तो मेरी आँखे बस तुम्हें ही देखती रहती थी दिल करता बस तुम्हें सुनता ही जाऊ। मेरी आँखो को तुम्हारी खूबसूरत से चेहरे का नशा सा हो गया था जब तक तुम्हारी एक झलक ना मिलती बेचैन सा रहता था।

तुम्हारे साथ बिताया हर एक लम्हा मेरी ज़िन्दगी के ख़ूबसूरत लम्हों मे से एक है।

तेरी वो नट खट सी अदाएं तेरी वो शरारतें हमेशा याद आता है। जब कभी भी तुम मेरे साथ स्कूटर पर बैठ कर बाहर घूमने जाती अपना सिर मेरे कंधे पे रख कर सो जाती थी मै बस यही सोचता काश ये सफर कभी खतम ही ना हो बस यूँ ही चलता रहे उम्र भर बिना किसी रूकावट के

एक्जाम मे जब कभी मेरे कम नंबर आता तो मेरा हौसला बढ़ाती और अगर उससे ज्यादा आ जाता तो पार्टी के लिए चिल्लाती। पार्टी कब देगा क्या खिलाएगा पूछ-पूछ कर दिमाग दही बना देती।

जब मै रूठ जाता तो मुझे हसाने के लिए क्या कुछ नहीं करती थी कभी आइसक्रीम का लालच तो कभी कोई सुन्दर सी लड़की दिखाती थी कही घुमाने ले जाने की बातें करती तो कभी गुपचुप खिलाती थी। ज़िन्दगी का वो सबसे हसीन दौर था जहाँ बस खुशियाँ ही खुशियाँ थी। ज़िन्दगी के हर परिस्थिति में तुमने मेरा साथ दिया एक सच्चे दोस्त की तरह।

जब से तुम गयी हो अकेला सा हो गया हूँ। ना कोई सुनने वाला ना कोई बोलने वाला हर पल बस खामोशी ही रहती है। मानो तुम मेरा मुस्कान अपने साथ ले गयी। अब तो बस तुम्हारी तस्वीरें देखता हूँ, शायरी पढ़ता हूँ तुम्हारी पसंदीदा गाने सुनता हूँ हर चीज में बस तुम्हें ही ढूंढता हूँ। तुम्हें बहुत मिस करता हूँ।मेरी सारी खुशियाँ बस तुमसे थी। तुम्हें याद है वो जगह जहाँ हम अक्सर मिला करते थे मैं आज भी वहां तुम्हारा इंतज़ार करता हूँ बस इसी उम्मीद में कि कभी तुम्हारी प्यारी सी मुस्कान भरे चेहरे का दीदार हो जाए तो मानो मेरी दुआ मुकम्मल हो जाए। एक छोटी सी याद बस तुम्हारे लिए...

तुम थी तो जान थी ज़िन्दगी, बिन तुम्हारे विरान है ज़िन्दगी, कभी वक़्त मिले तो मिल लेना, तुमसे मिलना अरमान है ज़िन्दगी.

तुम्हारा

'Prince paglu'

Masoom Kumar Anjaan

Masoom Kumar 'Anjaan' is a true Delhite following his passion for writing and a writer in making. Living with heavy noises in Delhi he is creating his own room where silence live. A bit depressed and much frustrated. You can feel this in his writing.

This is his third Anthology as a co-author with Flair and Glair.

'इक ख़त गुमनाम'

जान-ए-जां, तेरा जाना मेरे लिए एक सानेहा हो गया है।
अब क्या ही कहूं कि दिल में इक अजीब से ख़ामोशी दर्द की चादर ओढ़े धीरे-धीरे अपने पैर फैला रही है और मेरा सुकून तो तुम्हारा ही था, वो तो कब का जा चुका है तुम्हारे बाद ही मुझे छोड़कर।
फिलहाल मैं ज़िंदा हूं भी और नहीं भी, क्यूंकि ज़िंदा रहना किसी सज़ा के मानिंद ही है और मर जाना अपने वायदे से बेवफ़ाई होगी। इसी हालत-ए-हाल की कशमकश में रूह बेहद परेशान है।
और मेरा सूरत-ए-हाल कुछ यूं है कि -
दिन निकलता है ख़ामोश, तन्हाई के साथ
और शाम का क्या, शराब में बीत जाती है
रात को यादों और नींद की जद्दोजहद में
अब अक्सर तेरी यादें ही जीत जाती हैं।
ख़ैर,
अब तेरा आना भी तो सर-ब-सर एक बेईमानी ही होगी
मेरा इश्क़ अल्हड़ था, तेरी मुहब्बत तो सयानी ही होगी।
कहना ज़रूरी है या नहीं मगर फ़िर भी कहता हूं
क्या पता अब तुझको कोई ख़त ही न लिखे जाएं,
कि ज़रूरत नहीं है कोई, कोई फरमाइश भी नहीं मुझे
कभी मांगी थीं दुआएं तेरी, अब तेरी ख्वाहिश भी नहीं मुझे।

अलविदा!
- मासूम

'इश्क़ की ओर'

मता-ए-जां, हमने सुना है कि आप अक्सर ज़रा गुमसुम, ज़रा नाराज़ रहते हैं और..
आपने मिज़ाज भी बेहद नासाज़ से रहते हैं।
अगर ये मस'अला अना का है तो मुमकिना कोई वजह भी होगी...
कहीं आप हमसे या हमारी बेरुखी से तो खफा नहीं..
अगर हैं तो ये ख़त इत्मीनान से पढ़िएगा आपकी नाराज़गी आपसे जल्द ही रुखसत हो जाएगी।
जी तो मैं कह रहा था कि आप जिस किताब को फिलहाल पढ़ रहे हैं,
बस उसका ये पन्ना बदल दो अगर हो सके तो ये किताब ही बदल दो...
कुछ अलग पढ़ने की कोशिश करो, जैसे कि कहानियां या यूं कहें कि इश्क़ की कहानियां!
हिकायत पढ़ो जिसमें तसर्रूफ-ए-लन-तरानी हो
भले ख़त्म हो किस्सा, एहसास मगर जावेदानी हो।
बहुत वक़्त बिता चुके हो तन्हा नाराज़गी में, अब
गुजारो चंद लम्हें इन ना-दीदा खद्दोखाल के साथ
आख़िर कब तक बसर करोगे ज़िंदगी, मलाल के साथ।
आओ मेरे साथ इक अनोखे सफ़र पर, जानते हो कहां....
लबों की ख़ामोशी नहीं, जहां मिले दिल का शोर चलो
कुछ ना कहो तुम सिर्फ चलो, प्यार की ओर चलो
इस सफ़र में हम दोनों तब तक साथ रहेंगे जब तक जिस्म से रूह की दूरी ख़त्म नहीं हो जाती।
- मासूम

[तसर्रूफ - Use
लन तरानी - शेखी बघारना
जावेदानी - Eternal
ना दीदा खद्दोखाल - Unseen Features]

Jayraj Bariya

जयराज जी अहदाबाद गुजरात के रहने वाले हैं, अभी पिछले सात साल से वह गुजरात पुलिस में अपनी सेवाएं दे रहें हैं, मोज़िले स्वभाव के रहते हुए ये सब कुछ लिख लेते हैं जैसे कविताएँ,कहानियां,पत्र,शेर और शायरी भी लिखना मतलब ख़ुद को शिखाना यह उनका मानना हैं.

प्रिय माँ,

आपको मेरा कोटि-कोटि वंदन, हर रास्ते की कोई मंज़िल होंगी जहाँ पर वो ख़त्म होता होगा पर आपके लिए मेरा आदर सन्मान और महोब्बत की कोई हद नहीं हैं, माँ भगवान भी जरूर मतलबी रहा होगा क्योंकि उसे भी पता हैं आपसा पवित्र रिश्ता और इस धरती पर आने का माध्यम आपके सिवा और कोई नहीं हैं., भगवान को में सच्चे मन से शुक्रिया करता हूँ कि उन्होंने ख़ुद को और हम सब को माँ के रूप में ख़ुद को हमे अर्पित किया हैं,

माँ मुझे आज भी याद हैं जब में थोड़ा छोटा और नासमझ था तब आप पे गुस्सा करता था चिल्लता था और वहीं बात जब कभी भी याद आती हैं तो मेरी आँखें भर आती हैं पर अब में बड़ा हो गया हूँ आपको आपकी हर ख़ुशी, ख्वाईश और दर्द को समझ सकता हूँ माँ मुझे माफ़ करना मेरी हर वो लगती के लिए जो मेने अनजाने में की हैं, माँ का बेटे पर कोई कर्ज़ नहीं होता पर में हर जन्म में आपका बेटा बनकर आपकी सेवा करके उसे चुकाना चाहता हूँ, माँ तेरे संस्कार ऐसे हैं कि इस दुनियां की भीड़ में थोड़ा सा उलझ जाता हूँ जो दुनिया मेने आपकी नज़र से देखी हैं वास्तविक दुनिया उससे कहीं बुरी हैं, यहाँ लोग दूसरों की मदद तो करते हैं, भूखें को खाना भी देते हैं, गाय माता को रोटी भी दो वक़्त देते हैं पर समझ नहीं आता कि इतने वृद्धा आश्रम कैसे खुल गए??? ये उनके संस्कार नहीं कहूंगा क्योंकि दुनियां की कोई माँ अपने बच्चों को ऐसे संस्कार नहीं देती, खैर वो सबकों भगवान कभी माफ़ नहीं करेगा जो सब जानते हुए भी इस संसार मे जीते जागते भगवान को दुःखी करता हैं,

माँ आपने हमारी हर खवाइश को पूरा किया हैं अब हमारी बारी हैं आपके अधूरे सपनें को पूरा करने की और वो हम जरूर करेंगे आपका आशीर्वाद हमेशा हमारे साथ हैं। Love you ये चार लाइन आपके लिए

" सूरज भी तू हैं, चाँद भी तू है
आसमान में दिखतें तारे भी तू है..

धूप भी तू हैं, छाँव भी तू हैं
मेरी हर सांस का शुकुन भी तू हैं

तेरे होने से खुशहाल हैं जिंदगी मेरी
सपनो का तो पता नहीँ
मेरी जिंदगी की हकीकत भी तू हैं..

आपका लाड़ला
" जयराज "

Sandip Awasthi

यह संदीप अवस्थी जी हैं, इनका मूल निवास गुना जिला मध्य प्रदेश से हैं! यह वेदपाठी- कर्मकांडी ब्राह्मण है और व्यवसाय भी करते हैं, इन्होंने अपनी शिक्षा संस्कृत से ही पूर्ण कर ग्रेजुएट बने, कविता लिखने का बहुत शौक है,

प्रिय पापा,

पापा में कभी आप से यह नही बोल पाया कि में आपसे बहुत प्यार करता हूँ, जब भी सोचता हूँ कि मुझे आप जैसा बनना हैं! डर जाता हूँ|
जो मेहनत,संघर्ष, हर बार आपका बड़प्पन दिखाना, दूसरों के लिए सदैव झुकना, और सब की जरूरत पूरी करना, कैसे कर लेते थे आप?? मुझे पता है कि जो आज मेरे पास जो कुछ भी है, यह सब आपका है मैंने तो कुछ किया ही नहींऔर मुझे यह भी पता है कि आप को विरासत में कुछ नहीं मिला,पर आप मुझे बहुत कुछ दे गए!
पापा मुझे बहुत अच्छे से पता है कि जब मै आपसे झुठ बोल कर पैसे लेता रहता था! आपको भी सच्चाई पता रहती थी पर सिर्फ मेरे चहरे की खुशी देखकर आपने कभी मेरे लिए प्रश्नचिन्ह खड़े नहीं करें
आज 3 वर्ष हो गए हैं आपको हम सब को छोड़कर ब्रह्मलीन हुए!आप जहां कहीं भी मुझे देख रहे हैं, बस मुझे आप जैसा 50% बनना हैं, शायद उससे ही मेरा जीवन सार्थक हो जाये, अच्छा आज एक और चीज समझ में आ गई, पिता पर लिखना बहुत कठिन कार्य हैं! क्योंकि माँ तो बोल देती हैं न लव यू टु पर पिता नहीं बोलेते! चार लाइन प्रस्तुत कर रहा हूँ
जो स्वर्गीय श्री हरि ॐ व्यास जी कि रचित हैं-

मेरे पापा को श्रद्धांजलि स्वरूप भेंट-
पिता रोटी है पिता कपड़ा है पिता मकान है,
पिता ननेसे परिन्दे का बड़ा आसमान है,
पिता है तो हर घर मे हर पल राग है,
पिता से माँ चूड़ी है बिन्दी है सुहाग है,
पिता है तो बच्चों के सारे सपने है ,
पिता है तो बाज़ार में सारे खिलोने अपने है*
हे परमपिता परमेश्वर,
मैं सनातन धर्म मे सनातन परंपराओं मैं जन्मा हूं और बचपन से सात जन्म की परंपराओं को सुनता आ रहा हूं,
मुझे हर जन्म में मेरे पापा ही मिले!
I Love You so much Papa

Tarun Goyal

इनका नाम तरुण कुमार पुत्र श्री राजेन्द्र प्रसाद अग्रवाल है ये राजस्थान राज्य के सिरोही जिले की रेवदर तहसील के रहने वाले है, ये वर्तमान समय में एक फाईनेंस कम्पनी मे कलस्टर मैनेजर के पद पर कार्यरत है, इन्हें अपनी कलम की लेखनी से लिखने की रुची बचपन से है और ये अपने खाली बचे समय मे कविताएं,शायरी व गजले लिखते रहते है, और ऐसा करने से इनके मन को बहूत सुकून मिलता है

धन्यवाद

जिन्दगी,

जिन्दगी का लफ्ज जब सुनाई देता है तो कभी गुजरे लम्हों की याद आ जाती है तो कभी वर्तमान समय में चल रहे लम्हों की, जिन्दगी कभी बहुत हँसाती है तो कभी बहुत रुलाती है यहाँ कई परिचित मिलते हैं तो कही अपरिचित लोगों से मुलाकात होती है और यही एक मुलाकात नए मित्र हिमांशी से हूई है जिनसे मेरा कभी मिलना नही हुआ, लेकिन उनकी whats app पर मुलाकात अच्छी रही ओर मुझे उन पर पुरा भरोसा हुआ की उन्हे मेरा शायरा अन्दाज अच्छा लगा, ये भी मेरे जिन्दगी का एक लम्हा है और इसी सूख-दुख व हस्ती-खेलती का नाम जिन्दगी है

जिन्दगी एक चार टायर वाली गाडी की तरह है जिसके रास्तों में कई मोड आते हे, कई चेतावनी भरे संकेत आते है कई मोड तो ऐसे आते है जिन्हें पार करना इतना आसान नहीं होता ! कई बार तो चारो दिशाओं में रास्ते मिलते है मगर ये मालुम नही होता की हमारे मंजिल का रास्ता कोनसा है, इसलिए जिस मंजिल पर जाना होता है वहाँ ना पहुँच कर कई ओर भटक जाते है, कई रास्ते तो कच्चे होते है ओर कई रास्तों पर पत्थर मिल जाते है लेकिन उसके बावजूद भी हम अपनी मंजिल को पाने के लिए निकल जाते है ओर यही सबसे बडी जिन्दगी की हकीकत हे की कभी भी हमको हार स्वीकार नही करनी चाहिए, और जिन्दगी की सच्चाई से भागने के वजह उसका डटकर मुकाबला करना चाहिए |

में अपनी हकीकत बया करता हूँ, में जिनकी बात करने जा रहा हूँ वो मेरे आदर्श है और केवल आदर्श नही मुझे जिन्दगी का मार्गदर्शन देने वाले गुरू भी है वे और कोई नही मेरे अपने आदरणीय पिताजी है

मुझे मेरे पिताजी से ही सीख मिली हैं, की जिन्दगी में हालातो से कैसे टकराया जाता है कैसे अपने दर्द को अपनी ताकत बनाकर उसका इस्तेमाल किया जाता है, मेरे पिताजी ने जिन्दगी में बहुत संघर्ष किया है और

दुख भी बहुत देखा है मगर कभी हमें महसूस नही होने दिया, जो मांगा वो हमे दिलवाया है, मे घर में बडा था,
में उनकी रोती हुई आँखो और मुख पर झुठी मुस्कानो को पढ सकता था और मेने पढा भी था, की वो कितने दर्द में है, एक दिन मेने हिम्मत कर उनसे पुछा "तो वे मुझे अपनी बाहो में सिमटकर रोने लगे, उनकी आँखो में आँसूओं को देख मेरे भी आँखो से आँसू बहने लगे", मगर उन्होंने मेरे आंसुओ को साफ किया और मेरे बालो को सहलाते हुए बोले " की बेटा जब समय खराब चलता है तो अपने सगे भी साथ नही देते वे भी परायो सा बर्ताव करते है" उन्होंने आपबीती सुनाई की बेटा आज मुझे कुछ पैसो की जरुरत थी सोचा अपने किसी से मांग लेता हूँ लेकिन पैसो के बदले सिर्फ ताने सुनने को मिले, इसलिए बेटा जिन्दगी में कुछ ऐसा करना की जिन्दगी तुझे देखकर शर्मिन्दा होने लगे, इतना बोलकर वे वहाँ से चले गए, लेकिन इतना सब कुछ घटित होने के उपरांत भी उन्होंने कभी हार नही मानी,और मेने भी उन्हें देखकर ये सीखा है की 'कठिनाई हजारो क्यों ना हो,हार नही माननी चाहिए, उल्टा ओर ज्यादा संघर्ष करना चाहिए |

बात बहुत हे बोलने को मगर मेरा कलेजा भर आया है में आज भी अपने पिताजी के साथ रहता हूँ इसलिए में अपनी बात को समाप्त करते हूए अपने आदरणीय पिताजी के बारे मे अपनी कविता के माध्यम से दो शब्द बोलना चाहता हूँ, और दो पंक्तियां अपने पिताजी को समर्पित करता हूँ

अक्सर देखा मैने,
उन हस्ते हुए चेहरो में रोती हुई आँखो को,
अपनी झूठी मुस्कान में छुपाते दर्द भरी बातो को,
तन्हाई क्या होती हैं कोई पुछो उनसे
मेने देखा हे उन रातो मे जगती हुई आँखो को,

उस जलती हुई धुप में जलते नंगे पाँवो को,
छुपाते हुए अपना मलाल उन घावो को,
जिन्दगी को जीना हे तो इनसे सीखो

मेने देखा हे अक्सर उन कांपते हुए हाथो को

अपनो के खातिर दफनाते देखा हे उन सपनो को,
वो सपने जो पुरे करते हे, अपनो के अरमानों को,
दोलत क्या चिज हे कोई पुछो इनसे
मेने देखा हे अक्सर उन हाथो से मिटती लकीरों को

दुनिया की सबसे बड़ी दौलत ओर कोई नही
मेने जब से होश सम्भाल देखा हे अपने पिता को
भगवान को दर-दर ढूंढने वालो सुनलो मेरी बातो को
पिता ही भगवान हे, बोल दो इन दुनीया वालो को

एक बार अपनी फरीयाद तो करो इनसे,
चांद,सितारो से रोशन कर देंगे तुम्हारे अंधियारे को |

तरुण गोयल
धन्यवाद

Nitesh Rawal

ये नितेश रावल, मध्यप्रदेश के इंदौर में निवासरत हैं। वर्तमान में यह इंदौर की एक संस्था में शिक्षक के रूप कार्यरत हैं। इन्होंने वाणिज्य शाखा से परास्नातक किया हैं। इनकी रचना में आम आदमी,महिला और मजबूर बच्चों का वर्णन देखने को मिलता है।इनकी कलम की श्याही से दर्द छलकता है।इन्हें ग़ज़ल लिखने का बहुत शौक हैं।

प्रिय पापा,

जब आप इन आँखों के सामने थे तब इतनी हिम्मत नहीं होती थी कि आपको अपने मन मे उमडने वाली बातों से रूबरू करा सकूँ। आज जब सिर्फ आपकी याद मेरे पास है तो इस पत्र पर आपकी भावनाओं को लफ़्ज़ों में व्यक्त कर रहा हूँ। पापा आप ही शुरू से मेरे आदर्श रहे हैं । मैं हमेशा यहीं कोशिश करता हूँ कि जिस प्यार और स्नेह से आपने समस्त कर्तव्यों को बड़ी ही निष्ठा से पूर्ण किया, अग़र मैं इसका कुछ भाग भी कर पाया तो ये मेरे जीवन को साकार कर देगा ।

पापा आज अच्छे मुकाम पर तो आ गया हूँ पर आपकी कमी इतनी बड़ी है कि ये सब सफ़लता मुझें असफलता सी लगती हैं। आपके न होने से मेरे मन में अब कोई आकांक्षाये जन्म नहीं लेती हैं। आपके बिना ऐसा महसूस होता है जैसे एक पंछी को उड़ने को आकाश तो दिया हो किंतु उसके पर छीन लिए हो ।

आपके लिए कितना प्यार ,कितना सम्मान है मैं कभी ये आपको बता ही नहीं पाया । आज भी उन बातों को मन मे दबाये जी रहा हुँ पर कभी इसका जिक्र नहीं किया ।

आज पहली बार हिम्मत करके अपने दिल की बातों को पत्र के माध्यम से व्यक्त कर रहा हूँ। मैं नहीं जानता की इस पत्र को किस पते पर भेजना हैं पर मैं ये जानता हूँ कि मेरी बात आप तक जरूर पहुंच जाएगी।

आप ही मेरे जीवन के वो महान स्तंभ हो पापा जिसके बल पर मैं आपके द्वारा दी गई समस्त ज़िम्मेदारीयों को सफलतापूर्वक निभा रहा हूँ ।

इस बात का हमेशा गिला रहेगा कि ये बात मैं आपको उस वक़्त नहीं कह पाया जब आप मेरे समक्ष थे।

Love you पापा

आपकी आंखों का तारा
नितेश रावल

Surbhi Bairagi

Surbhi resides in Indore.

She is 26 y/o. She is dedicated and industrious. She is published writer and a poet . She loves to write on motivational quotes and novels. Her interest in writing was started at the very early age . She learns many things from the surroundings who insisted her to write on the realities of life. Hope you like it these writings.

Dear Papa,

The word "Papa" itself consists the whole power of the universe. There is no such comparable person in the world as you. Your shadow makes me to win wherever I go. I must say god has not only created father for their children but he himself comes on earth to keep their blissful hands on us. Papa you keep me as a princess. Whenever I got hurt, and your sudden ran towards me to soothed me, whenever I felt depressed you taught me how to boost myself. Your enculturation enriched me to create a place in others heart.

The most important thing you makes me to learn is that not to break anyone's heart in the world. Keep practicing your good karma whether the oppressor tries to oppress you. God is there to watch us.

Papa, as being daughter, I always have a fear that what will I do when I go to in laws' house? As a girl always wants that her husband must be the shadow of her father, not like that he kept her just like a princess but yes at least his blissful hands should be on her head which makes her to feel like her father. But the bitter truth is that I will never get a copy of you. Papa you are the strength of me. You seem to be the greatest happiness of me. The work of the father can't be counted, as to run a house, you never disclose your hard work, consistency and the dedication which always done in a best manner. You never made us to live in an abatement. You always try your best to keep me happy. Even though you don't wish to send me abroad for the studies and job but still for the sake of my happiness you have done it so far. You had given me the degrees of education and made me to stand on my leg.

I know that you have suffered a lot to reach to your position and you don't want to make me to live in any limitations. Your love, care and every day affection insisted me to do something great for you through which I can tribute you in wonderful way. I feel that unless and until I do something great which makes you proud I will not sit idle, definitely one day I will make you proud because it's my responsibility now to keep you happy forever.

Papa as I throw your identity and values towards the world and in return, I only gets the respect and reputation among others, which sounds amazing and unbelieving prosperity. I know there are many who doesn't gets the father's love but I say that yes m the luckiest as I am getting father as the best person in the world.

I only need to say Papa this or papa that, you sudden fulfill my every tiny wishes. You made me strong, you understand the inner will of mine. The best part of our relationship is that you never rose a hand on me to slap. It is wander that without being beaten by you ever, you taught me every good habits and humanity. And made me a good human.

Papa I wished and not only I there are everyone on this earth who love their father always wished that their parents should be immortal.

Papa it's my wish that I never go far from you whenever I get married, I always wished to be around you . Your soul is with me forever.

Your words, your lessons, your rituals will be unforgettable forever. Words are not enough to describe you. As father is the only complete word in itself. You are always admired by everyone and this is the greatest proud for me as I can say I am the luckiest girl in the world to have you.

At last I just want to say that everyone must be blessed with the father . Without the name of your father you are nothing, without his blessings on your head you couldn't succeed. Because he is only the one who first taught you how to walk by holding his hand.

Dear papa keeps the showers of blessings on me. If I ever hurt your feelings in my life, please forgive me.

Your beloved daughter

Surbhi

Mahaveer Prasad Behera

महावीर प्रसाद बेहेरा ओडिशा के कटक जिले के एक छोटे से गांव से आते हैं। वो अभी २३ साल के हैं और commerce में अपना स्नातकोत्तर पुरा कर चुके हैं। वो बहत ही साधारण पारिवारिक पृष्ठभूमि से आते हैं। पढ़ाई के अलावा कविताएं लिखना, सेरो सायरी करना उन्हें अच्छा लगता है। महावीर जी एक प्रकाशित कबि या लेखक नहीं हैं मगर वो एक प्रतिभावान सायर है। उनकी चीजों को अलग तरीके से देखने का गुण उन्हें इस दौर के सायरों से अलग बनाती है। उनकी भावनाओं को अल्फाजो में बदलने की ताकत उन्हें बेहद खास बनता है।

My dear Professor,

अगर कभी मौका मिले फुरसत में बैठने की तो मेरे बारे में एक बार जरूर सोचना। "Professor " यही कह कर मैं तुम्हें बुलाया करता था, कितना अजीब था ना.....मगर तुम्हें तो ये बहत पसंद था। पता नहीं क्यों तुम मुझे पहली नजर में थोड़ा अलग से लगे तो मन किया तुमसे दोस्ती करने का। पर उस वक्त मैंने ये कभी नहीं सोचा था कि आगे जाकर तुमसे इश्क हो जाएगा। कब तुम मेरे नज़रों से गुजरते हुए मेरे दिल में बस गए पता ही न चला, पर वो अलग बात है कि तुमने कभी ऐसा कुछ महसूस नहीं किया। मगर सच ये है कि इस एक तरफा प्यार का एहसास कुछ खास ही था.... ये बात मैं तुम्हें कई बार बताने की कोशिश की लेकिन कभी कह न सका, जो बातें तुम्हें कहनी थी वो सारी दिल में ही रह गयी। तुमसे प्यार करने का एहसास से ही मुझे सुकून मिलता है, तुम मेरे साथ नहीं हो तो क्या हुआ पर तेरे यादों के साथ होने से ही मेरे दिल को चैन मिलता है। ये एक प्यारा सा ग़ज़ल तुम्हारे लिए.....

"तुम मेरी ऐसी हसरत हो जिसे मैं कभी पा नहीं सकता,
एक नगमा हो मेरे प्यार की जिसे मैं किसिको सुना नहीं सकता ।
और आज भी तन्हा बैठ कर तुमसे बेइंतहा बातें करता हूं,
अब तुम्हारे यादों को अपने जेहन से मिटा नहीं सकता।"

मैंने तो हमेशा से यही चाहा था कि कोई हो जो मेरे अल्फ़ाजो से ज्यादा मेरी खामोशियों को समझे और तुम वेसी ही थी। मगर तुमने कभी मेरे प्यार को जानने की कोशिश नहीं की। तुम तो सिर्फ दोस्ती में ही रह गए, उससे आगे कभी सोचा ही नहीं। अब अफसोस ये है कि अब हमारी बातें सिर्फ Good Morning और Good Night में ही होती है.....पर जिंदगी तो इन दोनों के बीच में ही जीया जाता है ना। अब कहां तलाश करोगे तुम मुझ जैसे शख्स को जो तुमसे खफा होने के बाद भी सिर्फ तुमसे ही मोहब्बत करें। तुमसे बहत सारी बातें करना चाहता था मगर कभी वक्त नहीं मिले तो कभी तुम नहीं मिले, तेरे साथ दूर तक जाना चाहता था मगर कभी पैर नहीं चले तो कभी रास्ते नहीं मिले। शायद इस ग़ज़ल से तुम कुछ जान पाओ मेरे हालात के बारे में,

"कभी एक ख्वाब था जो पुरा हो गया.. तुमसे दोस्ती करते करते इश्क हो गया सोचा न था कि प्यार का मंज़र कुछ ऐसा होगा.. मैं कुछ इस कदर बिखर सा गया।और शायद फिर कभी लौट न सकू तेरी उन गलियों से वीर , मैं तो जैसे तुझमें गुम हो गया अब कई मुद्दत गुज़रे तुम्हारे बिना...तेरे बिन जैसे जीने का आदत हो गया।।"

बहत कोशिश की मैंने तुम्हें बताने की की तुम पुरी दुनिया हो मेरी, तुमसे ही मेरा सबेरा हे तुमसे ही मेरी रात और कितने खास हो तुम मेरे लिए मगर अफसोस इस बात कि है की मैं तुम्हें ये सब कभी बता न सका। आज ये जो ख़त तुम्हें लिख रहा हूं वो इसलिए क्योंकि मैं तुम्हारे सामने ये सब अपने होंठों से बयान नहीं कर सकता, पर मुझे कोई गिला शिकवा नहीं की तुम मुझसे प्यार नहीं करती.....तो क्या हुआ मैं तो तुमसे प्यार करता हूं और हमेशा करता रहुंगा मेरी आखरी सांस तक। I LOVE YOU FOREVER......और ये आखरी प्यारा सा ग़ज़ल तुम्हारे लिए.....

"अपना लेहजा भुल चुके हैं हम...सालों बित गए एक ख्वाब की ताबीर होने में,
तेरा मुझको न मिलना तो मुकद्दर में था खुदा ये तुने क्या लिखा मेरी किस्मत में।
और सबाल ये है अब जिंदगी किस तरह बसर होगी तुम्हारे बिना,
अब तुम्हारे बाद दिल नहीं लगता मोहब्बत में ।।"

तुम्हारा पुराना अज़ीज़ दोस्त,
महावीर प्रसाद बेहेरा.....

Shikhar Pathak

Shikhar Pathak from Awadh, who in his life believes in spreading Kindness and Laughter in the city , has grown up being in close influence of Emotions and now pen both love and separation in his own unique way to leave his readers mesmerized and amazed. He could easily be reached out on his Instagram @shikharpath

Virtual Correspondence

Dear,

No one writes letter nowadays, but the virtual note is in circulation, while writing this, I have thought many times in my mind of you and by combining your pictures and laughs, your shape is kept in mind and erasing i finally succeeded in writing this that I hope i will be able to read it to you when we will meet.

I remember when your message came for the first time, I was lying in my room, despite being introvert(back then , I was) ,and still replying you with extroversion mixed with my introvert style,because in the very first message you had become as much mine as The white paper and the pen in my hand, despite talking to you for the first time i got strong feeling because of similarities between us that perhaps you are the first and last girl of my life.

After a few days I came to know that we both have the rarest, next to impossible 36/36 match on our horoscope. And at that instant only I understood that there is a very deep and old connection lies between our heart ,otherwise no one becomes that much close within few days(Sometimes I thought that i got admitted in that college just for the purpose to meet you), it is said that poison does not affects poison but you injected scorpion's poison in my body.

I don't know how to tell you that how beautifully you captured my heart, I can't describe the magic of your mixture of simplicity and boldness in your childhood, I mean it is just wonderful.

Sometimes I think to come at your place and then kidnapping you in my box for coming in my city and then to tell ' Remember that how we talked to each other by assuring to keep 1-2 hours of time from our schedule for each other and how we haven't talked with each other from months and now you have to fill your spell by talking endlessly now' .

It is confirmed that when we will meet flames will get burned, literal blast will happen but this time, DNA will not only be made but it will also replicate by un-winding, Talks will also be like ETHANOL and your smile will surely steal the whole show and environment...

Only and only yours

Shikhar...

Tanisha Raj

She is Tanisha Raj from Bihar. She passed 12th last season. Now she wants to study law. She has a special interest in writing, knowing how to put her feelings into words.

एक खत तुम्हारे लिए...

वर्षों खोया आज मिला है तू ,जमाने से छिपा या जमानो ने छिपाया रहा तुझे, छोड़ ये जमाने और जमानो को ये तो आते जाते ही रहगें चल याद कर अब उस कुछ पल की जो हम और तू साथ में बिताया करते थे/रहे हैं अपितु मन में एक प्रश्न चला आ रहा हैं किन्तु जिह चाहता नही, अब तुम मेरी मजबूरी ही समझ बैठो "क्या तुम्हें याद हैं वो सब बातें वो सब रातें"? हमेशा से था कि कुछ कुछ कहना है लेकिन दिल ने कभी कुछ कहा ही नहीं ना ही कहना दिया सोचा था एक दिन खूब बातें करूंगी किन्तु उस से पहले कहीं छिपा दिया तुम्हें या जमानों ने क्या करू जमाने को छोड़ा था पहले ही, लेकिन न जमाना छोड़ा हमको नाहिं हमने छोड़ पाया जमाने को.... अब जमाने को छोड़ बात करते है उसकी चल आज कुछ बताती हो तुम्हें कितनी बातें और हसीन रातें अकेले ही बिताया साथ आशुओं के सिवाय तुम्हारे आज भी सुक्रगुजार हूं उसकी क्योंकि कल कही फिर छीन न ले हमसे ये जमाने ने ; वादा किया था हमने खोएंगे तो ढूंढ़ लेना ऐसे चुप मत बैठना जमानों की तरह... अब रहने देते हैं इस जमाने को इसी जमाने में....!!!!...

Ganpat Gahlot

इनका नाम गणपत गहलोत है।ये पावटा गांव , आहोर तहसील जिला जालौर राजस्थान के रहने वाले है। वर्तमान में यह अहमदाबाद में कोचिंग सेंटर में वह पढ़ाते हैं उनका सबसे अच्छा विषय है हिंदी, अच्छी सी कविता सुनाते हैं और अध्ययन भी कराते हैं, इन्हे प्रेरणादायक कविता और देश भक्ति गीत , एवं अध्ययन लिखने का बहुत शौक है,

प्रिय मां,

मेरी मां बहुत प्यारी हैं। वे रोज सुबह घर में सबसे पहले उठ जाती हैं। भगवान से लेकर घर के सब लोगों का ध्यान मेरी मां ही रखती हैं। वे दादा-दादी का पूरा ध्यान रखती हैं। पापा, मेरी और मेरी छोटी बहन की हर एक छोटी बड़ी बातों की परवाह भी मेरी मां करती हैं। दादी कहती हैं कि मेरी मां घर की लक्ष्मी हैं। मैं भी मां को भगवान के समान मानता हूं और उनकी हर बात मानता हूं।

मेरी मां जॉब भी करती हैं। घर और ऑफिस दोनों की जिम्मेदारी वे बहुत ही अच्छे से निभाती हैं। उनके सरल और सुलझे व्यवहार की तारीफ उनके ऑफिस के सारे लोग करते हैं। मेरी मां गरीबों और बीमारों की भी हर संभव मदद करती हैं। मेरी मां मेरी सबसे अच्छी दोस्त हैं। मैं जब कोई गलती करता हूं तब मां मुझे डांटती नहीं हैं बल्कि प्यार से मुझे समझाती हैं। जब मैं दुखी होता हूं तब मेरी मां ही मेरे मुरझाए चेहरे पर मुस्कुराहट लेकर आती हैं। उनके प्यार और ममतामयी स्पर्श को पाकर मैं अपने सारे दुख भूल जाता हूं।

मेरी मां ममता की देवी समान हैं। वे मुझे और मेरी बहन को हमेशा अच्छी-अच्छी बातें बताती हैं। मेरी मां मेरी आदर्श हैं। वे मुझे सच के रास्ते पर चलने की सीख देती हैं। समय का महत्व बताती हैं। कहते हैं कि मां ईश्वर के द्वारा हमें दिया गया एक वरदान है। जिसकी आंचल की छांव में हम अपने आप को सुरक्षित महसूस करते हैं और अपने सारे गम भूल जाते हैं। मैं अपनी मां से बहुत प्यार करता हूं और भगवान को धन्यवाद देता हूं कि उन्होंने मुझे दुनिया की सबसे अच्छी मां दी।

~ गणपत गहलोत

बहन भगवान की दी हुई सबसे प्यारी अमानत हैं। मेरी भी एक बहन है जो मुझसे दो साल छोटी है। वह बहुत मासुम प्यारी चुलबुली और नटखट सी है। उसकी हँसी सबके दिलों को छू जाती है। वह सबसे मिलजुलकर रहती है और सबकी मदद करती है पर अगर उसे गुस्सा आ जाए तो वह किसी की भी नहीं सुनती हैं। उसे छोटी छोटी बातों पर जिद्द करना अच्छा लगता है। वह घर में सबकी लाडली है और सब उससे बहुत प्यार करते हैं। मैं भी उसे बहुत प्यार करती हूँ और उसके लिए दुआ करती हूँ कि वह हमेशा खुश रहे और ऐसे ही प्यारी प्यारी शरारतें करती रहे।

बहन हर व्यक्ति के जीवन में अहम होती है जिसके बिना जीवन अधुरा सा लगता है। मेरी भी एक प्यारी सी छोटी बहन है जिसका नाम है दिप्ती और प्यार से सभी उसे दिपु बुलाते हैं। वह छठी कक्षा में पढ़ती है और हमेशा अपनी कक्षा में प्रथम आती है। इसे कला से बहुत प्यार है। यह खुद भी कुछ न कुछ कलात्मक कार्य करती रहती हैं। यह बहुत ही चुलबुली सी और नटखट है और इसे खाना पीना बहुत पसंद हैं। इसको घुमना फिरना भी बहुक पसंद है और यह रोज अपने दोस्तों के साथ घुमने फिरने जाती हैं। इसको काम करते वक्त कोई परेशान करे इसे बिल्कुल पसंद नहीं है।

यह सबके साथ हँसी खुशी से घुल मिलकर रहती है। इसकी हँसी और शरारतें बहुत ही मासूम और प्यारी है। मैं और वो साथ में बहुत मस्ती करते हैं। मुझे उससे बहुत प्यार है और वह घर में सबसे ज्यादा मेरी लाडली है। मेरी बहन इस दुनिया की सबसे अच्छी और शरारती बहन है। मुझे उसका छोटी छोटी बातों पर लड़ना झगड़ना और जिद्द करना अच्छा लगता है। जव वह कुछ गलती करती है तो बहुत ही मासुम सी मुस्कान देती है और मेरे पीछे आकर छीप जाती है। मुझे उससे और उसे मुझसे बहुत लगाव है

बहन भगवान की सबसे अनमोल देन होती हैं। कहते हैं एक बहन तो जरूर होनी चाहिए ताहे छोटी हो या बड़ी। बड़ी बहन हो तो सलाहकार मिल जाती है और छोटी बहन हो तो अच्छी दोस्त मिल जाती हैं। मेरी भी एक बड़ी प्यारी चुलबुली और नटखट सी एक छोटी बहन है जो हमेशा शरारतें करती रहती हैं। उसका नाम प्रेरणा है पर सब प्यार से उसे गुड़िया बुलाते हैं। वह मुझसे दो साल छोटी है और अभी दँसवी कक्षा में हैं। वह पढ़ने में बहुत होशियार है और स्कूल में अन्य कार्यक्रमों में भी भाग लेती है।

वह बहुत बोलती है और घर में सबका मन लगाकर रखती हैं। हर टाईम हँसती खेलती रहती है। जब वह परेशान करती है और छोटी छोटी बातों पर जिद्द करती है तो बहुत ही प्यारी लगती है। लेकिन उसका गुस्सा हमेशा नाक पर ही रखा रहता है इसलिए किसी की हिम्मत नहीं कोई उसे परेशान करें और इसी वजह से मोहल्ले के सभी बच्चे उसे छोटा डोन कहकर बुलाते हैं।

गुड़िया को साईकिल चलाना और खरीददारी करना बहुत पसंद है। वह सबकी मदद भी करती है। उसे नाचने का और कविताएँ लिखने का भी बहुत शोक है। वह हमारे घर में सबकी लाडली है। उसके नखरे कभी खत्म नहीं होते पर उसकी यहीं हरकतें उसे सबसे अलग बनाती है। हर समय मस्ती के मूड में रहना सबको छेड़ना बहुत पसंत है उसको। वह हमेशा अपनी बातें मुझे बताती है और अपनी हर चीज मुझसे बाँटती है। कभी कभी वह बड़ो की तरह मुझे डाँटती है और रूठने पर मुझे मनाती भी है। उसे मेरा बनाया हुआ हलवा बहुत पसंद है और वह बहुत खुश होकर खाती है। वह मेरी सबसे अच्छी दोस्त है और मैं उससे बहुत प्यार करती हूँ। मेरी दुआ है कि उसका ये चुलबुलापन युहीं बरकरार रहे।
बहन हर घर का एक अहम हिस्सा होती है। मेरी भी एक बड़ी बहन है और वह बहुत ही प्यारी है। वह शांत सरल और खुशमिजाज स्वभाव की है। उनका नाम सीमा है लेकिन मैं उन्हें प्यार से सीमी दीदु बुलाती है। और वह तकरीबन मुझसे 5 साल बड़ी है। उन्होंने अपनी पढ़ाई एम. हिंदी में उत्तीर्ण की है। वह हम चार भाई बहनों में सबसे बड़ी है जिस वजह से सभी उनका कहना मानते हैं और उनकी बहुत इज्जत करते हैं। मुझे मेरी बहन से बहुत ही लगाव है और मेरा मानना है कि एक बहन तो जरूर होनी चाहिए चाहे छोटी हो या बड़ी।

हमें जब भी उनकी जरूरत होती है वह हमेशा हमारे साथ खड़ी होती है। हमें अच्छे बुरे का ग्यान बताती है। मेरी बहन मेरे बारे में मुझसे ज्यादा जानती है। जब कभी माँ घर पर नहीं होती है तो वह माँ की तरह प्यार करती है और हमारा ध्यान रखती है। जब कभी मैं गलती करूँ तो बड़े होने के हक

से डाँट लगाती है। कभी कभी दोस्त की तरह बातें करती है और हम साथ में खरीददारी करने और घुमने जाते हैं। वह मेरी सबसे अच्छी दोस्त और सलाहकार है जिनसे मैं बिना किसी हिचकिचाहट के कोई भी बात कर सकती हूँ। यह हमेशा मुझे हर कार्य के लिए प्रोत्याहित करती है। यह मेरी प्रॉजेक्ट बनाने में भी मदद करती है। कभी कभी मुझे म्मी की डाँट से भी बचाती है और कभी कभी पापा को मेरी बातों के लिए भी मनाती है।

दीदु अपनी पढ़ाई पूरी करके अब घर के काम में माँ की मदद करती है। हम सबको दीदु के हाथ के समौसे बहुत ही पसंद है। मेरी बहन दुनिया की सबसे प्यारी बहन है। मैनें इन्हें आजतक कभी गुस्सा और जिद्द करते नहीं देखा है। यह हमेशा हँसी खुशी से सबके साथ मिलकर रहती है। इनके साथ स्कूटी पर घुमने का मजा ही अलग है। यह पढ़ने लिखने में भी सबसे आगे थी साथ ही इन्हें संस्कृति कार्यक्रम में भाग लेने का भी शौक है। यह हर कार्य में निपुण है। वह बहुत ही जिम्मेदार हैं और अपनी जिम्मेदारी को भली भाँति समझती है। वह मेरे बिना कहे ही मेरे मन की बातों को जान लेती हैं। अगर वह कभी बाहर चली जाएं तो मन भी नहीं लगता है।

दीदु ने हमें हमेशा मिल जुलकर रहना सिखाया है और कभी भी झूठ न बोलने को कहा है। दीदु हमारे लिए हमारी माँ के समान है। वह हमारे साथ बहुत मस्ती करती है। शाम को चाय के समय हम एक साथ बैठ कर बातें करते हैं। वह मेरी जिंदगी का आदर्श हैं। मैं भी अपनी जिंदगी में उनके जैसा बनना चाहती हूँ ताकि उनकी तरह मैं भी लोगों के दिलों में अपने लिए जगह बना सकूँ। मैं उन्हें हमेशा खुश और हँसते हुए देखना चाहती हूँ। वह मेरी सबसे बड़ी हिम्मत है और यदि वह मेरे साथ है तो मैं अपनी जिंदगी की हर मुसीबत को पार कर लुँगी। मुझे अपनी दीदु से बहुत प्यार है।

~ गणपत गहलोत

Amritanshu Kumar

ये अमृतांशु कुमार है सीतामढ़ी बिहार के रहने वाले है । हालाँकि ये एक इंजीनियर है और फिलहाल वोडाफोन के लिए काम करते है । इन्हें प्रेम और राजनीति पर लिखने का शौक है । हालांकि पब्लिकेशन के मामले में ये पहला लेटर है इनका, लेकिन आप इन्हें सोशल मीडिया पे पढ़ सकते है ।

Dear Crush

मेरे लिए क्रश वर्ड का मतलब मुझे कॉलेज में आके समझ आया जब मैंने तुम्हे देखा उससे पहले तो क्रश का मतलब सिर्फ कैंडी क्रश होता था मेरे लिए ।

तुम क्लास के गेट सामने वाली दूसरे बेंच के तीसरी सीट पे बैठी थी । मेरे कदम ठहर से गए थे उस वक्त तुम उस वक्त दाहिने तरफ देख रही थी और मैं तुम्हे । मुझे पहला प्यार वाला अट्रेक्शन हो गया था तुमसे ।

फिल्मों की तरह बैकग्राउंड में गाने नही बजे और हवा का झोंक सिर्फ पंखों से ही आ रहा था पर दिमाग एक अलग ख्याली पुलाव बना रहा था ।

लाल रंग की कुर्ती बिल्कुल सिंपल वाली और नीले रंग की प्लाजो जिसे हम गरीब लोग पायजामा कहते है उसमे भी काफी खूबसूरत लग रही थी तुम । कान में 2 गोल मीडियम साइज के एअर रिंग्स और बालों की एक लट जो अक्सर लड़कियां छोड़ जाती है वो तुम्हारी खूबसूरती को चार चाँद लगा रहे थे ।

मैं हमेसा तुम्हे देखता रहता था और ख्याली पुलाव मन में बना के खुस हो जाता था पर तुमसे बात करने की कभी हिम्मत नही हुई ।

रोज सोचता था की आज बात करूँगा कल बात करूँगा पर नही हर बार तुम्हारे सामने आते ही वो सोची गई बातें कहाँ हवा हो जाती थी और ज़बान चुप से हो जाते थे । सरीर में एक अजीब सी सिहरन दौर जाती थी ।

तुम्हें अक्सर देखता था नज़रें चुराकर और तुम्हारे देखने पर ऐसे विहेव करना की सब कुछ नार्मल है ।

मैंने सोचा था 1 साल तो है अपने पास ब्रांच अलग होने से पहले पूरी कोसिस करूँगा तुम्हें अपना बनाने की ।

तुम्हे पता है हम दोनों को अलग करने में मेरे एक दोस्त का बहोत बड़ा हाथ है मेरे दोस्त ने अपना एड्मिसन करवा लिया और ब्रांच की एक सीट खाली हो गई और ये तुम्हारे लिए एक वरदान से कम नही था । बिग बॉस में जैसे वाइल्ड कार्ड एंट्री होती है उसी प्रकार तुम्हारी वाइल्ड कॉर्ड एग्जिट हो गई और तुम्हें तुम्हरा पसंदीदा ब्रांच मिल गया जो की दूसरे कैंपस में था !

- Amritanshu K

Rajendra Bahadur Singh

ये रायबरेली, उत्तर प्रदेश के ग्राम
किसुनदासपुर से हैं।सेवानिवृत्त शिक्षक हैं।तीन काव्य पुस्तकें प्रकाशित हैं। अन्य दो प्रकाशित होने को हैं।

एक पत्र पति का पत्नी को

माधवगढ़ 04,08,2020

परम प्रिय मानवी , आशा है स्वस्थ और सकुशल होंगी । बहुत दिनों बाद तुम्हें पत्र लिखने की हिम्मत कर पा रहा हूं । पूरा पत्र जरूर पढ़ना । फाड़कर फेंक न देना । मैं अभी भी तुम्हें पहले की भाँति ही प्यार करता हूँ । अपने पुत्र मोहित का तो हमको ख्याल रखना ही चाहिए ।

बारह साल का हो रहा है ।उसके भविष्य की हमको चिंता करनी चाहिए । हमारे तुम्हारे अलग अलग रहने से वह क्या सोचता होगा ? मान लिया कि सारी गलती मेरी ही थी । तभी तुम नाराज होकर अपना घर छोड़कर अपने माता पिता के यहाँ गईं तो फिर लौट कर नहीं आयीं । मैं बार बार तुम्हें लाने के लिए गया । हर बार तुमने इंकार कर दिया । मोहित पेट में था इसलिए मैंने ज्यादा जोर नहीं दिया था । लेकिन तुम्हारी नाराजगी बढ़ती ही गयी । हम दोनों एक दूसरे से दूर हो गये । हम दोनों का इस तरह दूर दूर रहना कब तक ठीक रहेगा । आओ एक बार सारी बातों पर फिर से गौर कर लें गलतियों को सुधार लें ।चार दिनों की जिंदगी है क्यों न हम साथ साथ बिताएँ । तुम जब दुल्हन बनकर मेरे घर आई थीं सब खुश थे ।

छोटा सा परिवार था । एक छोटी बहन थी । माता पिता थे । मुझे विद्यालय जाना होता था । नई नई नौकरी लगी थी । तुम्हारा मेरी बहन और मां से अक्सर मन मुटाव हो जाता । बकवास हो जाती ।मेरी समझ में न आता कि क्या करूँ । माँ को क्या कहूं और तुमको क्या समझाऊँ । तुम पढ़ी लिखी थीं । मैंने सोचा धीरे धीरे सब ठीक हो जायेगा । तुम्हारा नाराज होकर मैके चला जाना फिर लौट कर कभी वापस न आना सबको खल गया । पिता जी ने बुलाया और कहा , " उमेश , अगर बहू हम दोनों की वजह से नहीं आ रही तो तुम ऐसा करो अलग उसे लेकर रहो , हमको कोई एतराज नहीं है ।

" मैं यह प्रस्ताव लेकर तुम्हारे पास पहुँचा । लेकिन बात बनी नहीं । तुम तो कुछ नहीं बोलीं लेकिन सासू मां का व्यवहार बड़ा निराशाजनक रहा उन्होने साफ साफ इंकार करते हुए अपमानित करते हुए कहा , "

मैं अपनी इकलौती बेटी को जिंदगी भर रख सकती हूँ । वह तुम्हारे यहाँ कभी नहीं जायगी " ससुराल में लोगों का सम्मान होता है । मेरी तकदीर ऐसी थी कि दुत्कार के साथ अपमान मिला था । मुझे अच्छी तरह अब भी याद है । मैं फूट फूट कर रोया था । बार बार पांव पकड़ कर बिनती की थी । परंतु वे न पसींजी । उन्हें तनिक भी दया नहीं आयी थी । मैं निराश होकर लौट आया था । रास्ते भर रोता रहा था । " मैं जाऊँगा और बात करूँगा " पिता जी तुम्हारे यहाँ जाने को तैयार हुए ।

एक बार तो मेरा मन किया कि मना कर दूँ। साफ साफ कह दूँ कि " रहने दें , कोई लाभ नहीं होगा । " पर एक आशा जगी कि शायद काम बन जाय और तुम आ जाओ , मैं चुप रहा । तुम उस दिन घर पर नहीं थीं । कहीं बाहर गई थीं । मेरे पिता को तुम्हारे बाबू और मां ने स्वागत करने की कौन कहे , बैठने तक नहीं दिया था । अपने अपमान से तिलमिलाते पिता जी ने आते ही कहा था । " उसके आने की कोई उम्मीद नहीं दिखती । दूसरा विवाह कर लो , तुम्हारा लड़का आगे पीछे मिल ही जायगा ।"

तुम्हारी तरफ से तलाक की कोई बात नहीं उठी तो मेरे मन में कहीं यह बात पनप रही थी कि आगे पीछे बात बन ही जायेगी । लेकिन यहाँ भी मायूसी मिली । मांगने पर तुमने बच्चे को नहीं दिया । पालन पोषण भत्ते की मांग ऊपर से आ गयी । मैं भत्ते की राशि अपने आप तीन हजार रुपए हर माह भेजता रहा और भगवान से मनाता रहा कि तुम कैसे भी मेरे पास आ जाओ । घर का अकेला होते हुए भी मैंने कस्बे में एक छोटा सा घर बना लिया है । तुम्हारे बिना वह सूना है । मेरी तनख्वाह भी बढ़ गई है ।

तुम्हारे बिना सब बेकार है । मेरी भी जिंदगी बेकार हो गयी है ।तुमसे इतना लगाव है कि मैं किसी दूसरे के बारे में सोच भी नहीं पाता हूँ । एक बार फिर से गम्भीरता से सोचो । इतना समय बेकार चला गया ।मरने के दिन आने वाले हैं और हम बिना मतलब की लड़ाई में तनाव बनाए बैठे हैं । फिर ये भी तो सोचो कि ऐसी हालत में अगर मोहित को मैने अपने पास बुला लिया तो तुम कितनी अकेली हो जाओगी । मैं तुम्हारा कोई दुश्मन नहीं हूँ । तुम्हारा भला ही सोचता हूँ।

अगर तुम किसी और के साथ अपनी जिंदगी बिताना चाहो तो मेरी तरफ से तुम बिल्कुल स्वतंत्र हो । मैं किसी भी प्रकार का कोई अड़ंगा नहीं डालूँगा ।

मोहित को अपने पास बुला कर उसकी जिम्मेदारी से भी तुमको फुरसत दिला दूंगा । इस बारे में खबर जरूर दे देना । दूसरों की बातों में आके हम अपनी जिंदगी क्यों बरबाद कर रहे हैं | जरा सोचो , आदमी की साँसे गिनती की हैं । वह भी पता नहीं कि मौत कब आ जायेगी ।एक एक पल बहुत ही कीमती है ।जो वक्त गुजर जाता है कभी लौटकर नहीं आया करता । हमारी जिंदगी हमारी अपनी है ।इसे हमें अपने हिसाब,अपनी इच्छा से बिताना चाहिए । अधिकतम खुशियों के साथ एक एक पल का उपयोग करते रहें । यही सबसे बड़ी बुद्धिमानी है । मैं इस बात की कसम खाता हूँ कि अपने किसी भी व्यवहार से तुम्हें किसी तरह का कष्ट कभी नहीं दूंगा |

घर के सभी निर्णय तुम्हारी सहमति से लिए जायेंगे । जो तुम कहोगी उसे हम मानेंगे ।तुम्हारा सम्मान सदैव बरकरार रखेंगे ।अगर तुम कहीं काम रही हो तो करना अपने घर से आना जाना । तुम्हें हम मना नहीं करेंगे । इस पत्र को पढ़कर नष्ट कर देना । किसी से अब चर्चा करना या सलाह लेना मेरी समझ में बिल्कुल निरर्थक होगा । समय कम है ।अब अब से सँवार लें । तुम्हारे परिवार के प्रति मेरी कोई दुर्भावना नहीं है । हो सके तो जल्दी ही विचार करके किसी भी तरह से मुझको खबर करना । मैं राह देखता रहूँगा । जहाँ भी बुलाओगी तुम्हें लेने के लिए बिना देर किये तत्काल आ जाऊँगा । मोहित का ख्याल रखना।किसी भी मेरी बात का बुरा नहीं मानना ।

सदैव से ही तुम्हारा उमेश

Flairs and Glairs, a platform by a student for the students. We are esteemed youth struggling to carve out our path for our future and we follow a basic mindset Since everyone is not born with all-round skills. Joining hands with people who are born to execute it with perfection is the best way to evolve. Self-Evolution is the need of the hour but, evolving as a community is what we strive for. The initiative as kickstarted by, Founder- Mr. Shubham Shah with the motive to utilize the skillset and talent of writing has now a team of 10+ people who are actively participating into newer forms of learning and discovering talents among youngsters. We Provide platform and services like Publishing opportunities, Open mics, Workshops, Hands-on training. Operating with Brand Name Of Flairs and Glairs (Publication House), we offer the chance of elevating a passionate writer to an esteemed author With Brand name Teekhe Zasbaaat, We bring to you an opportunity to get accustomed with the Public Speaking and Presenting of Thoughts along with regular challenges to brush up your inking spirit. The newest initiative to extend our services we introduced in a new writing Platform- The Glittering Fables and Ink Over Tears.

We Choose to Fly Like A Falcon than to be a

Leg Pulling Crab.

www.ingramcontent.com/pod-product-compliance
Ingram Content Group UK Ltd.
Pitfield, Milton Keynes, MK11 3LW, UK
UKHW022005190726
13853UKWH00004B/1748

9 789390 416172